하선자들

이윤길 해양소설

하선자들

작가의 말

2016년 6월이 채 가기도 전에 천금성 선생님이 돌아가셨다. 해양 문학 발전을 위해서 평생 노심초사하시던 선생님이셨고 뒤늦게 문단에 든 내게는 유일하게 기댈 수 있는 기둥이셨다.

아마도 어선 출신 선장이라는 동질감 때문이기도 했지만 서로 닮은 성정 탓이기도 했다. 그렇다. 돌아보니 모두 바다였다. 천금성 선생님과 함께 행복했고 즐거웠던 시간들이 못 견디게 그리울 것이다.

"사람을 쓰는 구나" 라고 격려하신 나의 책을 천금성 선생님 영전에 바친다.

2018년 6월 남극에서
이윤길

차례

작가의 말　007

페루에서　011
하선자들　039
태평양 수렴대　065
387대원호 항해보고서　095
떠도는 섬　121
알폰시노　145
과메기, 魚　171
셔틀랜드 제도 근해　197
흰긴수염고래　221

작품 해설_'물의 감옥'과 탈출의 욕망　249

페루에서

수평선으로부터 새 떼가 날아오고 있었다. 펠리컨 무리였다. 새들은 필재의 머리 위를 통과해 서쪽 하늘로 날아갔다. 문득 로맹 가리가 저 펠리컨 무리를 보았을까, 라는 생각이 떠올랐다. 비가 오지 않는 기후의 특성답게 대기의 공기는 메마르고 텁텁했다. 그때 까야오에서 출발한 통선이 다가왔다. 필재는 캬 하고 가래침을 내뱉었다.

갱웨이로 향하는 발걸음은 무거웠다. 공중집어등에 전력을 공급하는 발전기가 정상이 아니었다. 발전기 정비에만 매달린 시간이 일주일을 훌쩍 넘겼다. 때문에 외출은 고사하고 바다에서 사용할 소모품조차 준비하지 못했다. 한국으로 휴가를 간 1기사 때문이기도 하지만 발전기 고장을 찾지 못해 분해했다 조립하고 다시 분해하는 일로 체항의 시간을 모두 보냈다. 일이 이렇게까지 복잡해지리라고는 자신도 생각하지 못했다. 그저 단순한 점검 차원에서 맡긴 수리였다. 그런데 점검을 마친 발전기를 테스트하자 몸체를 떨어댔다. 고속으로 운전하는 발전기가 정상적인 회전을 유지하지 못한다면,

그건 큰 문제였다. 잘못하면 조업 중에 걸린 과부하로 폭발할 수도 있었다. 한국에서부터 날아 온 수리 팀도 그 원인을 찾지 못하고 있었다.

"피곤해 보여."

지난밤 늦도록 수리에 매달렸던 수리 팀이 통선으로 함께 들어왔다. 수리 팀은 피곤이 덜 풀린 탓인지 연신 하품을 쏟아내고 있었다. 목소리 톤이 높아 항상 들떠보이던 장 반장도 침울해보였다. 수리회사와 회사의 윗선에서는 고장의 원인을 찾아내지 못하면 그대로 출항하기로 했는데 그 대신 다음 입항할 때 발전기를 통째로 교환해주기로 했던 탓이다. 말이야 그렇지만 억대가 넘는 발전기였다. 수리 책임을 지고 있는 장 반장의 마음이 편할 수가 없다.

"상태가 어때?"

필재의 인사에는 대답도 않는 장 반장이 발전기 상태를 물었다. 까야오에 있는 숙소로 돌아가며 운전 중인 발전기의 상태를 부탁한 까닭이다.

"똑같아."

"……."

필재의 대답에 장 반장은 묵묵부답이었다.

"안 더워?"

장 반장이 작업복으로 무장한 옷차림에 눈길을 돌렸다. 오징어

유대를 보수하기 위해서 차려입은 용접용 작업복이다. 이곳저곳에 용접 불똥이 튀어 구멍이 숭숭했다. 그래서 오히려 더 시원했다. 포클랜드 조업을 끝내고 페루로 회항할 때였다. 드레이크 해협에서 폭풍을 만났다. 그때 부서진 것들이다. 벌써부터 손을 본다고 했는데 발전기 수리에 매달려 뒤로 미루어 놓았었다.

"용접해야 돼."

필재의 대답을 등 뒤로 흘리며 장 반장의 발걸음은 기관실로 향했다. 맥빠진 장 반장의 등판을 바라보며 틀렸다는 생각이 들었다. 기관실에서 수십 년 기름밥을 먹다보면 그런 느낌은 확신적인 것이다. 사실 이제 발전기는 손 댈 곳도 없었다. 멀쩡하던 터빈까지 교환하지 않았던가. 심각해 보이는 장 반장 표정으로 봐서도 두 손과 두 발을 번쩍 든 것과 다름이 없다.

까야오 외항에 묘박하고 있었지만 해가 떠오르자 금세 대기가 더워졌다. 중무장한 몸 안에서 비질비질 땀이 배어나왔다. 슈퍼 엘니뇨의 근원지 페루 연안이다. 평균 해수 온도가 전년도보다 1도나 높았다. 전년도에도 어황이 좋지 않았는데 올해마저 흉어면 큰일이었다. 아내의 치료비가 만만치 않았다. 아내는 유방암 투병을 하고 있었는데 항암을 끝내고 요양 중이다. 요양비가 웬만한 기업의 부장급 월급과 맞먹었다. 벌써 통장의 마이너스가 300만 원을 넘었다. 올해마저 흉어이면 아파트를 처분해야 했다. 어떻게 장만한 아파트인가. 자식도 없이 서로 등을 기대고 살아가고 있었다. 아내를 포기할 수가 없었다. 아내는 필재가 바다를 떠돌며 기대던 지상에서의 유일한 기둥이었다. 아내만 생각하면 우울했다.

"원인이 잡히지 않아."

필재가 다섯 개의 유대를 보수했을 때였다. 크르릉거리며 돌아가던 발전기가 검은 연기를 내뿜으며 작동을 멈추었다. 곧이어 기관실의 발전기 상태를 점검하던 장 반장이 갑판으로 얼굴을 내밀었다. 장 반장의 온몸은 땀으로 범벅이 되어 있었다. 뒤따라 기관장도 나타났다.

"조기장, 틀렸다. 고생이 되더라도 출항해야겠어. 조기장도 오후에 외출해서 출항 준비를 해."

장 반장 말이 끝나기도 전에 기관장이 말을 덧붙였다.

"그냥요?"

필재가 반문했다.

"출항하자. 바다에 나가 부하를 건 채 장시간 운전을 해봐야 원인을 알까? 지금 상태로는 알 수가 없어. 그렇다고 기계가 통째로 폭발하지야 않겠지만, 어쩔 수 없네. 오징어를 잡으러 왔으니 오징어는 잡아야지. 안 그래, 조기장? 페루 항차는 선장과 의논해서 충분히 생각을 할게."

기관장이 동의를 구했다. 필재의 동의 없이는 배가 출항을 할 수 없었다. 아모르 호 기관실에는 3명의 한국 선원이 근무했다. 기관장, 1기사, 조기장인 필재였다. 그런데 1기사가 한국으로 휴가를 나가서 귀선하지 않고 있었다. 치과 치료가 이유인데 그건 핑계일 뿐이고 흉어라고 미리 예측한 1기사가 페루 조업을 기피하고 있는 것이다. 예전에야 외국 항에 기항하는 국적선들이 항만청 몰래 출항을 감행하곤 했지만 북양에서 트롤선이 침몰하고서부터는 규제가 엄격해졌다. 보조업무야 외국 선원이 도움을 주고 있지만, 법정 인원으로도 항해를 할 수 없는 상황인데 필재가 동의하지 않으면 현실적으로도 운항이 어려웠다. 난감한 일이었다. 대체 1기사를 구해서 출항하면 될 것인데 기관장은 후배인 1기사를 싸고돌았다. 그렇다고 필재를 구박하는 건 아니지만 기관장의 일처리가 섭섭하기도 했다. 그러나 장 반장과 기관장의 분위기를 보니 지난 저녁 회식자리에서 출항하기로 결정한 것 같았다. 그 자리는 필재가 고사한 자리였다. 발전기 상태도 상태지만 계속되는 수리에 몸과 마음이 지쳤기 때문이다. 알겠다고 고개를 끄떡이자 기관장이 고맙다며 브리지를 향해 걸어갔다.

모든 게 정상이었다. 쿵쾅거리며 돌아가 선내에 전원을 공급하는 발전기라든지 조수기의 운전 그리고 예비 냉각 중인 냉동기의 상태도 좋았다. 필재는 주엔진의 연소 상태를 살피기 위해 갑판으로 나섰다. 주엔진의 상태는 갑판에서 연소되는 연기를 확인하는 것이 가장 좋은 방법이었다. 주엔진의 연소 상태 역시 양호했다. 대기 중으로 흩어지는 연기가 보이지 않았다. 만약 연료에 윤활유가 섞였다면 흰색이고 물이 섞이면 검은색인데 완전 연소이기에 연기가 관찰되지 않는 것이다. 결국 주엔진의 모든 기계들이 정상으로 작동하고 있는 것이다.

슈퍼 엘니뇨 때문에 수온이 높아졌다고는 하나 얼굴을 스쳐가는 바람은 까야오 외항보다 한결 시원했다. 항해등만 켜놓은 상황이라 구름 한 점 없는 하늘에서 초롱거리는 별빛이 한 손에 잡힐 듯 눈에 들어왔다. 마치 아내의 눈빛처럼, 아내가 배시시 웃으며 가슴에 안겨 왔다. 그러자 가슴을 잘라내던 날 숨죽여 훌쩍이며 울던 얼굴이 떠올랐다. 그날 필재는 자신의 잘못이라며 스스로 가슴을 얼마나 짓이겼던가. 시간을 되돌릴 수만 있다면 자신의 목숨을 던져서라도 그렇게 하고 싶었다. 아내를 처음 만나던 날, 사랑한다고 자신에게 고백하던, 그래서 저 초록 티셔츠 위로 솟아난 가슴을 평생 사랑해야겠다고 결심했던 그날로 돌이키고 싶었다. 하지만 이제 와서 아내에게 해 줄 수 있는 일이 없었다. 그저 한 마리의 오징어라도 더 잡는 것밖에는 도리가 없었다. 삶이 우울한 아내에게 아무 걱정 없이 먹고 싶은 것을 먹으며 부족함 없이 안락하게 요양시키는 일밖엔 없었다. 필재는 길게 한숨을 내쉬고 나서 발걸음을 기관실로 향했다. 급박한 출항이라 사입품 이것저것을 정리할 일이 태산 같았다.

"불 밝혀도 되겠습니까?"

1항사였다.

"도착했습니까? 10분만 기다려주십시오."

필재가 사입품 정리에 몰두하고 있을 때 컨트롤 룸 문을 열고 1항사가 들어왔다. 곧 어장에 도착하니까 공중집어등을 준비하라는 것이다. 필재는 예비 운전 중이던 냉동기를 정지시켰다. 공중집어등용 발전기를 돌리지 못하는 상황에서 냉동기 부하와 함께 부하가 오면 선내 발전기는 오버로드 된다. 그러지 않아도 갑판으로 나갔을 때 수평선 멀리 희뿌연 불빛이 있었다. 일찍부터 출어한 중국선의 공중집어등이었다. 이미 2호 발전기는 돌려놓았다. 3호발전기만 돌리면 되었다. 다만, 냉동기를 돌려야 한다면 전력을 보충하기 위해서 공중집어등 40등을 소등해야 했다. 아직은 첫 작업이라 그럴 필요는 없었다. 3호발전기의 시동 버튼을 눌렀다. 콰르릉거리는 소음과 함께 3호발전기가 운전을 시작했다. 잠시 동안 상태를 지켜보다 필재는 인터폰 벨을 눌렀다. 페루에서 대왕오징어 조업이 개시되었다.

대왕오징어 어장은 페루 까야오항에서 남서방향으로 400해리나 떨어진 남동부태평양 수역이다. 세계3대 주요 어장이며 페루와 칠

레의 200해리 EEZ(배타적경제수역)가 맞물린 곳이기도 했다. 워낙 덩치가 큰 까닭에 대왕오징어란 명칭이 붙었지만 막상 대왕오징어를 보면 그 크기에 입이 딱 벌어진다. 큰 것은 10미터에 달하는 놈도 있었지만 대부분 40킬로그램에서 100킬로그램 사이즈였다. 예전의 뱃사람들이 이놈들을 보고 괴물을 상상하기에 충분했다. 어쩌면 이놈들을 본 뱃사람들이 크라켄이란 신화의 동물을 만들어 내었는지도 모른다. 이빨의 크기만 해도 사람의 머리통만 했다. 실수로 이놈들에게 물린 선원도 있었다. 고무로 만든 장화가 뜯겨지며 살점이 뭉텅뭉텅 달아났다. 게다가 약간의 독도 품고 있어 치료하는 데 애를 먹었다. 한마디로 괴물이었다. 오죽하면 오징어인데 불구하고 가공한 대왕오징어 다리를 문어라고 팔아도 대부분의 소비자들은 속아 넘어갔다. 식욕마저 대단했다. 잡히는 대로 먹었다. 동족이라도 자신의 배를 채우기 위해서는 사양하지 않았다. 인간도 배고픈 옛적에는 서로를 잡아먹었을 것이다. 그러기에 근래에까지 식인의 풍습이 있지 않았는가. 자연에서의 생존은 동족이라고 해서 봐주지 않았다. 이놈들의 배를 갈라보면 깍두기 모양의 동족 살점과 심지어 선원들이 버린 고무장갑까지 나왔다. 대단한 식욕이고 먹이에 대한 집착이었다.

　주엔진의 알피엠이 떨어지자 속력이 낮아지며 배가 왼편으로 기울어졌다. 씨앙카를 던지기 위해 배의 위치를 고정하고 있었다. 브리지에서 공중집어등을 점등하는지 발전기 운전 소리가 무거워졌다. 필재는 2호와 3호 발전기 AVR을 확인했다. 공중집어등이 점등되며 걸리는 저항에 따라 자동으로 전류와 전압을 조정했다. 완벽했다. 이제부터 뱃전에 괴물만 끌어 올리면 되었다. 스크루에서 흘러나온 바닷물이 선저 바닥을 치며 후진하고 있었다. 지금이면 갑판에서 씨앙카를 바닷물로 던지는 시기였다. 그리고 수분 후 주엔진 종료 신호가 텔레그라프로 왔다. 필재는 대박이 터지길 빌고 빌었다. 필재는 하던 일을 마무리하기 시작했다.

"조기장, 조기장은 포트 갑판으로 나오시오."

씨앙카를 던지고 채 2시간도 지나지 않았다. 사입품 정리를 마치고 허리도 쉴 겸 1회용 믹스커피를 컵에 털어 넣으려는데 브리지로부터 호출이다.

"10번, 11번, 15번 조상기 산타마리아."

1갑원 마만이 호들갑을 떨었다. 완벽을 기한다고 했지만 50대가 되는 조상기를 점검하지 못했다. 잘 작동하던 조상기도 사용하지 않으면 염분이 침투해서 고장이 났다. 전자 기판을 사용하는 조상기라 사용하지 않는 동안 소제를 해주어야만 했었는데 그러질 못했다. 발전기 수리 때문에 시간의 여유조차 없었다. 필재가 자동차 공장에서 근무할 당시 입에 달고 살았던 말. 닦고 조이고 기름칠하자는 말은 빈말이 아니었다. 기계만큼 정직한 것이 또 어디 있을까. 필재는 조상기를 바라보며 입맛을 쩝쩝 다셨다. 기계적인 정비야 필재가 하지만 전자적인 고장은 기관장이 알아서 해결한다. 기관장이 나올 때까지 고치는 시늉이라도 해야 했다.

아모르 호 주변은 중국선의 공중집어등 불빛으로 대낮같이 환했다. 선장의 조업 스타일은 속칭 '독고' 스타일이다. 항상 혼자서 어탐하고 혼자서 낚시를 던졌다. '바다에서는 혼자다'라는 선장의 가치관 때문인데 남들보다 뛰어난 실적을 보여서 어기 종료가 되면 엄지손을 세우곤 했다. 그런데 선장이 첫 조업이라 마음먹고 중국 어선들이 조업하는 어장의 중간 씨앙카를 던진 모양이다. 어장의 어황을 알아보기 위해서였다. 그러나 오징어를 포획하고 있는 중국 어선은 보이지 않았다. 대왕오징어의 큰 덩치만큼 뱃전으로 올려질 때 분출하는 물줄기가 멀리서 보아도 폭포수와 같았다. 그런 물줄기가 주변의 중국 어선에서는 전혀 보이지 않았던 것이다. 아모르 호 역시 시투임에도 불구하고 오징어가 한 마리도 보이지 않았다. 필재는 선장이 곧 어장 이동을 할 거란 걸 안다. 그때쯤이면 기관장도 기상을 할 것이다.

어쩌면 요양 중인 아내의 책상에는 이혼 서류가 서너 장은 겹쳐 있을 것이다. 처음 아내가 암을 발견했을 때 발병 원인을 필재로 꼽았다. 그만큼 살며 아내의 속을 뒤집어 놓았다는 거였다. 노동

운동을 한답시고 허구한 날 술타령에 외박으로 시간을 보냈다. 그러다가 사표를 내고 바다로 떠돌았다. 필재야 자유를 찾아 떠돈다고 했지만 아내의 입장에서 볼 땐 방종이나 마찬가지다. 아내는 말했다. 당신의 아내로 사는 동안 행복하지 않았다. 당신은 언제나 자신만을 위하여 산 사람이 아니냐고, 한 번도 나를 위해 산 적이 있느냐고. 그러나 자신은 아내에게 비난당할 만큼 이기적인 사람이 아니었다. 아내의 주장이라면 남편 자격이 없었다. 자유를 찾아 살아온 그 값을 지금이라도 치룰 수 있다면, 아내와의 관계가 회복된다면… 그러나 그건 희망사항일 뿐이다. 모두가 알고 있듯이 지나간 일은 돌이킬 수 없다. 필재가 배를 타며 몸을 혹사하는 이유의 본질이기도 했다. 그래야만 잠시나마 과거의 방종에서 벗어날 수 있었다. 필재는 잠 속에서도 악몽에 시달렸다. 그래서 택한 방법이 몸을 괴롭히는 것이었다.

새벽 2시였다. 겨우 3시간의 잠이다. 늦게 든 잠으로 머릿속이 온통 뿌옇다. 머리를 좌우로 흔들자 지근지근한 두통마저 찾아왔다. 필재는 포트의 전원을 올리고 주섬주섬 작업복을 몸에 걸쳤다. 포트의 물이 부글부글 끓어올랐다. 마테 잎을 종이컵에 넣었다. 찻물이 베어나오기도 전에 들이켰다. 머리가 맑아졌다. 지금이면 일곱 번째 탈판을 시작할 시간이다. 벌써 쿵쿵거리며 탈판하는 소리가 선체를 울리고 있었다. 언제 들어도 반가운 소음이다. 냉동된 어획물을 팬에서 꺼내는 작업은 뱃사람에게 윤전기에서 돈을 찍어낼 때 나는 소리와 같았다.

심각한 흉어로 시달렸던 10월이었다. 그러던 것이 11월 초순부터 어획이 나아지더니 중순이 되자 대박이 터지기 시작 했다. 대박은 뱃사람들이 일컫는 속칭 '아다리'다. 출항하고부터 불황이 이어지자 필재의 머릿속은 돈 문제로 어지러웠다. 아내뿐만 아니라 아이들 학비와 홀로 고향에 계시는 노모의 생활비까지 해결해야 했다. 그것 때문에 이번 항차 휴가도 반납했다. 휴가를 포기하면 주어지는 항공비를 챙기기 위해서였다. 그랬는데 11월에 들어서 어황이 살아나기 시작했다.

"좀 더 안 자고."

필재가 기관실로 내려가자 기관장의 온몸이 오징어 먹물에 젖어 있었다. 아마도 갑판에서 오징어를 낚고 있었던 모양이다. 기관장이면 편하게 기관실에서 있으면 되는데 성격 탓에 고기가 조금만 올라와도 갑판으로 나가 선원들을 도왔다. 아니 오히려 신참내기 외국 선원보다 더 적극적이었다. 대왕오징어를 잡기 위해 조상기를 사용한다고는 하나, 낚시에 걸린 대왕오징어를 해수면까지 끌어 올리는 것까지였다. 해수면에서 뱃전까지 끌어 올리려면 두세 사람이 붙어 힘을 써야만 가능했다. 마리당 30킬로그램에서 100킬로그램을 웃도는 체중이 워낙 무거웠다. 그 와중에 먹물을 방출하는데 덩치가 워낙 크다 보니 방출하는 먹물의 양만해도 장난이 아니다. 거의 들통으로 쏟아 붓는 형세였다.

"저녁에만 다섯 급냉 입고했어."

작업복을 바꿔 입는 기관장은 팬티 바람이었다. 예순에 이르는 나이가 믿기지 않을 정도로 허벅지 근육이 탄탄했다.

"오늘 처리량이야."

기관장도 싱글벙글이다.

다섯 급냉이면 1,500팬이다. 거의 40톤의 어황이었다. 게다가 대왕오징어가 끊기지 않고 입질했다.

"쉬십시오."

기관장도 뜬눈이다. 1기사가 없는 탓이다.

"수온이 높아져서 고압도 높아졌는데, 냉동기 좀 잘 챙겨."

기관장은 곧 기관실에서 사라졌다. 필재는 기관장에게 당직 인수를 받고 기관실을 천천히 둘러보며 응당 그래야 하듯 발전기부터 점검했다. 과부하가 걸려있어 조심스러웠지만 상태는 좋았다. 다섯 급냉을 제외하더라도 두 급냉을 더 채울 수 있었다. 그것마저 찰 때면 날이 밝고 그때 공중집어등을 소등하면 된다. 대왕오징어는 잡힐 때 잡아야 했다. 뱃놈 손에 물이 마르면 돈도 떨어진다 하지 않았던가. 물을 묻힐 기회가 찾아왔을 때 이왕이면 흠뻑 적셔야 했다. 필재는 냉동실로 발걸음을 옮겼다. 냉동실은 네 대의 냉동기에 부하가 걸린 탓에 열기로 후끈했다. 냉장고에서 생수를 꺼내 그대로 들이켰다. 후끈한 열기가 잦아들었다. 필재는 냉동기의 고압과 저압을 살폈다. 이상은 발견할 수 없었다. 필재는 서둘러 갑판으로 나섰다.

갑판은 오랜만에 활기로 소란스러웠다. 필리핀 선원 한 명이 채발 위에서 대왕오징어와 분투하는 사이 이곳저곳에서 대왕오징어가 쉭쉭거리며 먹물을 뿜는 소리와 물보라가 장관을 이루었다. 갑판장이 스타보드 현과 포트 현을 뛰어 다니며 선원들을 독려하고 대왕오징어가 허공으로 방출한 물보라는 공중집어등 불빛에 굴절되어서 물방울 다이아몬드처럼 푸르게 반짝거렸다.

"슬라맛 빠기, 마만."

기관실과 가까운 포트 갑판 출입구 입구다. 기관실 경고 알람도 잘 들릴 뿐만 아니라 갑판에 있는 급랭을 점검하기도 쉬웠기 때문에 필재가 못 박아 놓은 자리였다. 인도네시아 선원 마만은 먹물로 흠뻑 젖어 있었다. 검게 탄 마만의 얼굴이 머리부터 흐르는 먹물로 더욱 더 번들거렸다. 필재의 인사는 중요하지 않다는 듯 마만은 오징어 채발 위로 재빨리 올라갔다. 채발 끝에는 바다로 되돌아가려는 듯 대왕오징어가 요동을 치고 있었다. 어림잡아 100킬로그램이 넘는 놈이다. 마만이 뛰어오른 그 순간, 크게 심호흡을 하듯이 푸 하는 소리와 함께 대왕오징어가 먹물을 방출했다. 공중집어등이 펑 하는 굉음과 함께 산산조각이 났다. 움찔하며 몸을 움츠렸다. 동시에 포트 갑판에서 날카로운 비명이 울렸다. 채발 위로 뛰어 오르던 마만이다. 너무 서두른 나머지 대왕오징어가 내뿜은 먹물에 가격 당해서 갑판으로 내동댕이쳐졌던 것이다. 거기에다 먹물은 공중집어등마저 산산조각을 냈다. 하마터면 뱃전 밖으로 떨어져 대왕오징어 먹이가 될 수 있던 사고였다. 필재가 고개를 돌리자 정신을 놓은 마만이 휴지처럼 구겨져 있었다. 필재는 흩어져 있는 유리 조각들을 피해서 마만을 선내로 옮겼다.

100킬로그램이 넘는 대왕오징어를 선원들은 '묵은지'라고 불렀다. 묵은지들은 먹물을 뿜을 때에도 정확하게 사람을 겨냥했다. 덩치도 덩치지만 묵은지에게는 거친 바다에서 천적들로부터 살아남은 노회함과 공격성이 있었다.

몇 번이나 잠에서 깬 까닭에 낮인지 밤인지 구별할 수 없었다. 필재는 손가락을 길게 구부려 머리를 마구 헝클었다. 그러면서 몸을 일으켜 허리를 꼿꼿이 폈다. 시계를 보았다. 23시 50분이었다. 선내 마이크에서는 짧고 간결한 선장의 고함 소리가 윙윙거리며 흘러나왔다. 필재는 고개를 설레설레 저었다.

"에이 씹팔 저 개새끼들이, 항해사 선미로 가봐."

좀처럼 욕을 하지 않는 선장이다. 진중한 성격 탓이기도 하지만 선원으로 시작해서 선장이 된 그이기에 선원들 고통을 누구보다 잘 알고 있는 배려 때문이다. 그런 선장이 연신 욕설을 뱉어내고 있었다. 갑판 일이 꼬여도 된통 꼬인 모양이다.

"배 박겠다, 배!"

선장의 울화통이 터지기 직전이다. 평소에 알던 선장이 아니었다. 언제나 과묵했던 선장이다. 몰려드는 중국 배를 성토하며 분노로 가득 찼던 선장이었다. 벌겋게 상기된 얼굴의 선장 모습을 상상하는 머릿속에는 천만가지 예측이 떠올랐다가 사라졌다. 필재는 이게 무슨 일인가 싶다. 그러자 오후부터 떼거리를 지어 삼삼오오 모여들던 중국 배들이 떠올랐다.

근래에 들어 중국 정부는 전략적으로 원양어선을 지원하고 육성했다. 해를 거듭할수록 원양어선이 우후죽순처럼 늘어났다. 페루의 공해도 마찬가지였다. 수척에 불과했던 배가 300척으로 바글거렸다. 바다는 넓지만, 어장은 좁았다. 그곳으로 어선들이 몰렸다. 자연히 대왕오징어가 낚이는 수역은 아수라장이 되었다. 그런데 더 큰 문제는 중국어선 선장의 자질이었다. 그들은 뱃사람이라면 지켜야 할 규범조차 지키지 않았다. 어획량에 목마른 어선이 많다보니 그럴 수도 있겠지만 뱃사람 간의 관습은 일종의 항해 규칙이기도 했다. 그것을 지켜야만 선박 간 충돌이라든가 여타 분쟁이 생기지 않는다. 마주보고 항해하는 상황이 되면 서로 왼쪽으로 비켜가야 하는, 항해의 기본 룰까지 무시했다. 까닭에 심심치 않게 중국 어선들과 충돌이 일어났고 침몰까지 했다. 게다가 중국 어선들은 주변을 지나가다가도 대왕오징어 어획을 보면 당장 그곳을 자신들의 어장으로 삼았다. 까닭에 표류하면서 어획하는 오징어채낚기 어법상 유지하는 0.3해리 거리마저 지키지 않았다. 0.3해리 좁은 수역에서 두 척의 어선이 작업을 하면 어획은 절반으로 곤두박질쳤다. 그런데도 중국 어선들은 개의치 않았다. 금성기를 마스트에 휘날리며 오대양에서 세력을 과시하는 중국 어선들이다. 그야말로 바다의 조폭이었다.

갑판은 미처 처리하지 못한 대왕오징어로 발 디딜 곳이 없었다. 계속되는 대어였다. 중국 어선이 몰려 있는 곳을 피해 어장을 선택한 선장의 판단이 적중했던 것이다. 하지만 만창이 가까워지는 어창으로 그만 들통이 났다. 빌어먹을 운반선 때문이다. 그동안 잡은 대왕오징어로 가득 찬 어창을 비워내야 했다. 그 어황 정보가 운반선을 통해 중국 어선들에게 전해졌다. 그렇게 몰려든 한 척이 곁에다 씨앙카를 던졌는데 아모르 호와 충돌이 발생할 정도로 가까웠다.

당황하기는 중국 어선도 마찬가지였다. 중국 배의 선장이 떠드는 방송 소리가 필재의 귀에도 뚜렷하게 들려왔다. 중국 배 선수에는 어떡하든 아모르 호와의 거리를 벌리려고 선원들이 안간힘을 쓰고 있는 것이 보였다. 씨앙카 드럼을 감았다 풀었다 반복하며 소리치는

페루에서 29

시퍼렇게 날이 선 중국 배 갑판장의 목소리도 들렸다. 배의 충돌을 피하기 위해서 중국 어선의 선장이 급하게 주엔진을 사용하는지 시커멓게 연소되지 못한 연기가 기세 좋게 몰려왔다.

"선미에 팬더를 대, 팬더."

아모르 호 선미와 중국어선 선수와의 거리가 2미터도 안 되었다. 정확히 말하면 충돌이었다. 마루 팬더를 들고 선미를 향해 달려가며 필재는 생각했다. 그때였다. 스크루로부터 항적류가 밀려나오며 쿵쾅거리는 굉음이 들렸다. 중국 어선과의 거리가 조금씩 멀어지기 시작했다. 무엇보다 중국 어선의 씨앙카가 가라앉지 않고 있는 것을 확인한 선장도 주엔진을 사용했던 것이다. 선장의 노련함이 발휘되는 순간이다. 왜냐하면, 메인 라인이 침강하기 전에 위험에서 벗어날 기회를 놓치지 않았기 때문이다. 중국 어선에서 씨앙카를 던졌을 때 메인 라인이 빨리 침강했더라면, 그래서 씨앙카가 해류를 품을 수 있었다면, 하여튼 이것저것 계산하여 던졌겠지만 메인 라인이 가라앉지 않았다. 그것 때문에 벌어진 위험이었다.

중국어선이 아모르 호로부터 멀어졌다. 필재는 시간을 확인했다. 새벽 1시다. 12시간의 시차가 있는 한국은 오후 1시였다. 필재는 시관침실 통로에 마련된 부스에서 위성용 전화기를 들고 선실로 들어왔다. 멀어진 잠이었다. 그렇다고 잠을 더 자보겠다고 발버둥을 친다고 올 잠이 아니었다. 오랜만에 아내에게 전화를 걸기 위해서였다. 필재는 다이얼 버튼을 누르기 전에 전화기를 보았다. 오래된 전화기치고 지나치게 깨끗했다. 전화기 하나에서도 선장의 깔끔한 성격이 드러났다. 필재는 출항하기 전 한국에서 구입한 핀 번호와 비밀번호를 기억해 냈다. 수화기를 들고 7번과 1번 버튼을 눌렀다. 잠시 후 신호가 떨어지며 중국어로 한국어 서비스는 3번을 누르고 우물 정 자를 입력하라 했다. 3번을 누르자 한국말로 핀 번호와 비밀번호 그리고 우물 정 자를 입력하라는 안내가 나왔다. 필재는 핀 번호와 비밀번호를 입력하고 우물 정 자를 눌렀다. 중국말로 통화 가능한 시간의 안내가 끝나자 통화할 번호를 입력하고 우물 정 자를 누르라고 했다. 필재는 아내의 전화번호를 천천히 입력했다.

"이제 내 걱정은 하지 마."

"왜? 담당의가 뭐라고 하는데?"

"아니, 뭐라고 하긴, 이제 걱정 안 해도 된대."

아내가 정색을 했다.

"항상 당신에게 미안하지."

아내가 미안하다고 말했지만 흔쾌히 하는 말이 아니라는 걸 안다. 필재의 옹졸한 성격 탓인지도 모른다. 어쩌면 자신이 할 수 있는 일이 아무것도 없다는 사실을 냉정하게 받아들이는 아내 때문이지도 몰랐다. 필재가 사랑한다고 했지만 아내는 밥은 잘 먹고 있나요. 아픈 곳은 없고요. 그리고 나서는 전화 끊어요 라고 했다. 그때 파도가 선실 벽에 부딪치는 쿵하는 소리가 들렸다. 채발을 넘어오는 대왕오징어가 필재의 선실을 향해 물대포를 발사한 까닭이다. 필재는 얼떨결에 수화기를 놓았다.

아내와의 통화는 늘 이런 식이었다. 필재가 답답한 마음을 달래려 갑판으로 나섰다. 운반선 문제로 끙끙 앓던 선장의 얼굴에 화색이 돌았다. 연료류도 보급할 것이니 준비하라고 했다. 출항하고 거의 한 달 보름만의 전재였다. 운반선 수배가 늦어진 것도 중국 어선이 원인이다. 척수가 많으니 전재 요청도 많을뿐더러, 관습적으로 운반료는 3개월 어음으로 대체하는데 풍부한 자금력을 지닌 중국 어선들은 전재하기도 전에 현금으로 지급했다. 운반선사 입장에서는 최고 고객이었다. 게다가 중국 어선들은 세력이 늘어나는데 한국 어선은 아모르 호 혼자였다. 운반선 수배가 늦어지는 사정이었다.

전재는 이틀에 걸쳐 진행되었고 마침내 어창을 비워냈다. 이제 다시 어창을 채워 입항을 하면 2,000톤에 육박하는 어획고를 올릴 수 있다. 그렇게만 되면 필재에게 배당되는 보합이 상당했다. 필재는 보합금을 계산해볼 때마다 아내의 얼굴이 아른거렸다. 모르긴 몰라도 어로 노동의 고통을 말끔히 치유하고도 남을 금액이다. 아직도 어기는 절반이나 남았고 시간이 흐를수록 성어기로 접어들 것이다. 하지만 현실은 희망과는 다르게 상황이 전개되었다.

슈퍼 엘니뇨가 밀려왔다. 갑자기 바닷물의 온도가 올라가면서부터 대왕오징어가 사라졌다. 어탐 시간이 길어졌다. 덩달아 냉동기를 꺼 놓는 시간도 길어졌다. 공중집어등용 발전기의 부하도 줄어 신경 쓸 일이 사라지자 기관실에는 무료함이 찾아왔다. 선내 전력용 발전기에서 LO(유압유)필터를 교환하면 할 일이 없었다. 그러면 기관 당직 시간 내내 꾸벅꾸벅 졸기 일쑤였다.

그럴 때면 필재는 기관실의 답답함을 덜기 위해 갑판으로 나섰다. 그동안 보이지 않던 새 떼가 자주 보였다. 해수면 위를 낮게 날고 있는 펠리컨 무리였다. 필재는 뱃사람 인생도 저 펠리컨과 같다는 생각이 들었다. 그러자 「새들은 페루에 가서 죽다」라는 로맹 가리의 단편 제목에 떠올랐다. 처음 그 제목을 보고 하필이면 왜, 페루인가에 궁금증을 품었던 때가 있었다. 아마 로맹 가리도 무슨 이유에서든 페루에서 펠리컨 무리를 보았을 것이다. 황당한 추측이지만 로맹 가리가 받은 영감도 지금 필재가 펠리컨의 비행을 바라보며 느끼는 감정과 비슷했으리라. 필재는 핸드레일에 허리를 걸치고 지그재그로 날고 있는 펠리컨의 비행 항로를 눈으로 쫓아갔다.

12월 중순에 들어서자 바다의 수온이 차가워졌다. 그러자 대왕오징어 어획도 나아지기 시작했다.

"발전기 상태가 안 좋아. 큰일이네."

기관장의 얼굴은 근심과 걱정으로 가득했다. 전재하기 전부터 이상 증세를 보이는 발전기의 상태가 점점 나빠졌다. 연소 상태는 물론이거니와 발전기의 기계적 진동도 커졌다. 그렇다고 어기 종료에서 발전기를 정지시킨다는 건 만선을 포기하는 것과 같다. 무슨 수를 쓰더라도 발전기는 돌아가야만 했다.

"그렇지 않아도 운전 상태가 심상치 않습니다."

"본사에 보고를 했는데, 깨져도 좋으니 돌리라 하네. 그래야 수리 업체로부터 새 발전기를 받는다고…."

기관장은 고개를 끄덕이며 말했다. 이거야말로 책임을 묻지 않을 테니 발전기를 계속해서 돌리라는 것 아닌가. 잠시 동안 위험을 담보한 기묘한 침묵이 둘 사이를 싸고돌았다. 하지만 쏟아지는 대왕오징어를 냉동하기 위해서도 어쩔 수 없었다. 그러는 사이 시간은 흘러갔다.

무신론자인 필재에게는 의미가 없는 날이지만 성탄절 전야였다. 이날을 기점으로 어획량이 급속히 줄어들며 페루에서 조업이 끝났다. 그렇기 때문에 성탄절은 필재에게 어기의 종료를 알리는 시원섭섭한 날이지만 함께 승선하고 있는 선원의 절반이 넘는 필리핀 선원들에게는 명절이기도 했다.

이날 조업을 포기한 선장의 지시였다. 전날부터 양념한 고기를 숙성시키고 필재가 드럼통을 반으로 잘라 만든 화덕에 구워먹는 바비큐 파티가 벌어졌다. 어창에 여분의 공간이 없을 정도로 어획을 달성했기에 기분이 좋은 선장으로부터 5박스의 소주까지 위로주로 내려왔다. 고기가 익고 1항사 주최로 전 선원들에게 술잔이 돌았는데도 선장이 브리지에서 내려오지 않았다. 본사와 통화 중이라고 했다. 평상시 같으면 앞장서서 술잔을 따르고 흥을 돋우던 선장이었다.

"조기장, 브리지로 오세요."

기관장이 따라주던 두 번째의 잔을 털어 넣던 때였다. 본사와 통화 중이라던 선장의 호출이 브리지로부터 있었다. 육감이랄까. 지난밤, 악몽으로 시달렸던 필재는 왠지 모르게 가슴이 철렁했다.

"조기장, 부인이 어젯밤에 돌아가셨다고 하네."

필재가 브리지로 들어서자 선장은 한숨에 아내의 사망 소식을 전했다. 그 순간 자신의 걱정은 하지 마, 라던 아내의 말이 무슨 의미였던지 선명히 와 닿았다. 사실, 아내는 호스피스 병동에서 인생의 마지막을 준비하고 있었다. 너무 늦게 발견한 암이었다. 젊은 한때, 누구보다 치열하게 아내를 사랑했던 필재였다. 그랬던 것이 어느 순간부터 아내로부터 멀어졌다. 이유야 어떻든 그런 아내의 마지막을 함께할 자신이 없었다. 항공비라도 보상 받을까 포기한 휴가였지만 필재의 초자아 속에서는 아내로부터 도망을 치고 있었던 것이다.

힘내라는 선장의 위로를 등 뒤로 흘리며 브리지에서 내려온 필재는 기관실로 향했다. 흥겨운 선원들의 성탄절 전야다. 지극히 개인적인 사정으로 선내의 분위기를 망칠 수 없었다. 마음의 준비야 벌써부터 하고 있었지만 아내의 사망 소식은 충격일 수밖에 없었다. 술기운 때문만은 아니었다. 기관실로 향하는 필재의 발걸음이 휘청거렸다.

컨트롤 룸에 들어선 필재는 냉장고에서 소주병을 찾아 병째로 들이켰다. 목구멍을 타고 내려가는 알코올의 알싸함이 실핏줄을 타고 온몸으로 퍼져 나갔다. 필재는 두 번째 병을 찾아 한숨에 들이켰다. 아내에게 미안했지만 슬프지는 않았다. 인생은 언제나 홀로이지 않았던가.

세 번째 소주병을 찾아 냉장고 문을 열었다. 컨트롤 룸에 진동이 느껴지며 기관실이 떠나가라 알람 소리가 요동을 쳤다. 안전제일이라고 쓴 액자가 컨트롤 룸 바닥으로 떨어지며 박살이 났다. 심장이 쿵쾅거렸다. 필재는 알람 소리를 쫓아 주엔진과 냉동기 사이로 뛰었다. 공중집어등용 발전기가 다시 요동을 쳤다. 한동안 운전하지 않은 발전기였다. 부하도 많이 걸리지 않은, 냉동되지 못한 어창의 제품을 얼리기 위해서 임시방편으로 돌려놓은 공중집어등용 발전기다. 빨리 운전을 멈추어야만 했다. 주엔진을 지난 필재가 공중집어등용 발전기의 기동 박스에서 전원을 차단하려는 순간, 발전기가 풍선처럼 부풀어 올랐다. 발전기는 찰나의 침묵 끝에 고막을 찢어내는 굉음과 함께 통째로 폭발했다. 필재는 폭발의 힘에 내동댕이쳐졌다. 그리고 산산조각 난 파편들이 필재를 으스러뜨렸다. 필재는 고통에 겨운 나머지 가늘게 눈을 떴다. 펠리컨이 무리지어 날고 있는 수평선 너머에서 환하게 미소 짓고 있는 아내가 보였다.

하선자들

1

수평선으로부터 검은 구름이 몰려왔다. 바다의 대기는 벌써부터 축축하게 습기를 머금고 해면에는 높고 낮은 물결이 무늬를 그려냈다. 폭풍의 영향권이 다가왔다.

"한동안 날씨가 좋았지."

최 선장의 눈길이 기압계 쪽으로 갔다. 그때 선원 통로가 떠들썩했다. 누구인가 싸움질 소리가 들렸다.

몰아칠 폭풍도 폭풍이지만, 착망을 하고 한 시간이나 기다렸다. 기록이 입망을 시작했기에 잔뜩 긴장하던 최 선장이었다. 기록을 쫓아 오랫동안 그물을 끌고 가야만 했다. 집중이 필요한 시간이다. 하루 어획량은 입망의 순간, 예망에 승부가 났었다.

"뭐야? 가 봐!"

최 선장의 고함 소리에 놀란 2항사가 후다닥 브리지 계단을 뛰어 내려갔다.

"조기장이… 드러누웠습니다."

최 선장은 2항사 보고에 어이가 없었다. 원양어선에서 드러눕는다는 뜻은 더 이상 배를 못 타겠다는 의미고 하선한다는 선언이기도 했다. 몬테비데오를 출항한 지 겨우 일주일이었다. 말도 안 되는 소리다. 하선할 놈 같으면 그때 하선했어야 했다. 최 선장은 뒷골이 지근지근 당겼다.

"이유가 뭐야?"

"없습니다."

추가로 할 보고가 없다는 듯 2항사는 최 선장의 눈길을 피했다. 최 선장은 화로 부글부글 끓어올랐지만 무엇보다 예망에 집중해야 했다. 5백미터 수심에서는 기록이 코드엔드로 들어가고 있었다.

최 선장은 집중해야 한다고 마음을 다독였다. 그렇지만 사기당한 기분에 끓어오르는 화를 조절하지 못했다. 최 선장은 브리지 창밖, 바다를 바라보았다. 조기장을 이해할 수 없었다.

최 선장은 담배를 질근 물었다. 최 선장이 대놓고 말하지는 않았지만 근래에 들어 가래가 끓고 가슴에 통증이 잦았다. 한동안 끊었던 담배였다. 몇 모금 연기를 들이켜자 쿨럭쿨럭 기침이 쏟아졌다. 최 선장은 손가락에 열기가 느껴질 때까지 연기를 빨아 들이다가 꽁초를 재떨이에 문질렀다. 그러곤 냉장고 문을 열고 생수를 통째로 들이켰다. 차가운 물이 목구멍을 따라 흘러들자 서늘한 기운이 온몸으로 퍼졌다.

때를 맞추어 네트레코더의 입망이 끊어지고 있었다. 동시에 겔로스 톱로라가 달달거리며 떨었다. 해저 경사면의 저질이 불량한 곳을 지나고 있었다. 이곳에서 더 예망을 진행하면 급작스레 수심은 깊어진다. 그런데도 앞쪽 코세차는 계속해서 예망을 하고 있었다.

"해구신 감도 있습니까?"

최 선장은 해구신을 호출했다.

"어이, 최 선장."

김 선장은 걸걸한 목소리로 응답하였다. 김 선장은 최 선장이 항해사 시절에 모시던 선장이고 자신을 선장으로 키워준 선장이었다. 그때만 해도 어로 계약 기간 중에 선원의 하선이란 꿈도 꾸지 못하던 시절이었다. 그런데 빌어먹을 세월이 흐르자 바다 상황이 바뀌었다. 최 선장은 자신도 모르게 한숨을 푹 내쉬었다.

"입망이 끊겼는데 계속해서 예망하실 겁니까?"

"이곳도 마찬가지인데…."

김 선장의 심산도 최 선장과 다를 바 없었다. 아니 고깃배의 선장이라면 만선 앞에서 고민하지 않을 사람이 없다. 대어는 상처가 보이지 않는 뱃사람의 고통이었다. 고통이 쌓이고 쌓여서 끝내 심장마비나 뇌졸중으로 바다에서 목숨을 잃었다. 어로 현장에서 노동에 노출되지 않는 선장들이 급사하는 중요한 원인이기도 하였다. 예망을 계속하느냐 아니면 양망을 할 것인가. 어쨌거나 최 선장은 고민에 빠졌다.

어부들은 어로에 함께 나선 아버지라도 자신의 어장을 알려주지 않는다. 이런 행동은 나쁘다 좋다를 떠나 관습처럼 굳어진 바다의 삶이었다. 자신을 키워준 사람이 김 선장이고 자신이 믿고 따르는 김 선장이기는 하지만 바다에선 서로가 어부였다. 노련한 김 선장이 고기 없는 어장에서 예망을 계속할 리 없었다. 최 선장도 입망이 되는 어군을 미주알고주알 말하지 않기는 마찬가지였다.

"저는 돌려치기를 하겠습니다."

최 선장은 김 선장의 의중을 떠보려고 말을 던졌다. 돌려치기는 예망하며 지나온 자리에 기록이 많았다는 의미와도 같았다.

"알겠네. 나는 웅덩이까지 가서 양망하고 되돌려 투망을 하지."

김 선장의 반응이 신통치 않았다. 입망 상태가 별것 아니라면 돌려치기 한다는 말에 이것저것 예망 정보를 물어야 했다. 틀림없이 김 선장은 경사면 끝의 어군을 노리고 있었다.

"감아."

하지만 최 선장은 돌려치기로 마음을 굳혔다. 바닷속에 아무리 물고기가 많아도 내 뱃전에 올려놓아야만 만선이었다. 지금까지 입망된 기록을 추정하면 약 15톤 정도였다. 지금부턴 기록이 더 농밀

해지는 시간대였다. 이것만큼 확실한 것이 있을까? 입망된 기록만큼 입망을 시켜도 풀처리량이었다. 남의 떡에 침 흘릴 일이 아니었다. 내 배부터 불려야 했다.

와프를 감아서 오타보드(전계판)를 선미에 찼다. 예망한 코스로 배를 돌려놓기 위해 피치를 백 퍼센트로 올렸다. 상승하는 주기관의 출력으로 선체가 가볍게 떨었다. 높아진 파도로 회두하는 뱃머리에서 물보라가 일었다. 예상보다 기상이 빠르게 나빠졌다. 그때 파도 소리를 뚫고 기관장의 목소리가 또렷하게 들렸다.

"야, 씨발놈아 하선해."

2

브리지 계단을 쿵쿵거리는 발자국 소리가 들렸다.
선내에서는 정숙이다. 그러나 기관장은 달랐다. 직책도 직책이려니와 워낙 큰 덩치 탓에 발소리를 죽이지 못했다. 게다가 타고난 목소리 또한 컸다.
"에이, 씨발."
곧이어 불만이 덕지덕지 묻어나오는 기관장 목소리가 따라왔다.
"무슨 일인데 아침부터? 커피나 한잔하시죠."

브리지에 나타난 기관장의 원망스런 얼굴은 심기가 편치 않음을 알려주었다. 최 선장은 눈알이 튀어나올 듯 바라보던 네트레코더에서 눈을 뗐다. 최 선장은 기관장에게 커피 잔을 가리켰다.

"하선하겠답니다."

최 선장 말에는 대답도 하지 않고 내뱉었다. 당신도 알아야 한다는, 다분히 분노에 짓눌린 말투였다.

"누가요?"

"3기사입니다."

3기사는 최 선장의 외사촌이자 고등학교 후배다. 해양고등학교를 졸업하고 백수로 방황하는 놈을 3기사 직책을 맡기고 승선시켰다.

"씨발놈이… 더러워서 막살이를 해야지…."

하고는 입을 찼다. 최 선장은 기관장의 어투에 기분이 언짢기는 했으나 이야기는 마저 들어야 했다.

"조수기 수리를 하는데 보이지 않아 찾아보니 배전반 뒤에서 졸고 있었습니다. 어젯밤 늦게까지 술을 마신 것 같아 성질을 냈더니… 술 마신 게 죄냐며 덤벼들었습니다. 제가 쌍욕을 좀 했습니다."

기관장이 이렇게까지 넋두리를 하는 것은 당신 탓이라는 의미였다. 한편으로는 당신이 알아서 결정하라는 뜻이기도 했다. 그렇다고 최 선장이 해결할 수 있는 일도 아니었다. 외사촌이라고는 하지만 요즈음 친구들은 자기가 싫으면 그만이었다. 최 선장도 역시 사촌인 3기사에 대하여 도무지 감을 잡지 못했다. 최 선장은 타이르겠다며 기관장을 달랬다. 기관장의 넋두리를 하염없이 들어줄 때가 아니었다.

오징어 성어기였던 탓에 냉동기에 과부하가 걸릴 정도로 운전하고 있는 중이다. 책임자가 한시라도 기계 곁을 떠나면 안 되었다. 잘못되어 사고라도 발생하면 어획에 막대한 차질이 발생했다.

최 선장이 외사촌 나이 때만 해도 하선이란 꿈도 못 꾸었다. 계약을 마치지 못하고 귀국하면 김포공항을 나서기도 전 외사과에서 잡아갔다. 그런 국가 정책도 한몫했지만 무엇보다 배를 타면 배로써 끝장을 내야 한다는 오기가 있었다. 물론 형편이 좋지 않은 집안을 일으켜 세워야겠다는 사명감도 한몫했다. 한심하기 짝이 없는 놈이었다.

출국하던 날, 눈물을 찍어내며 아들을 부탁하던 누나의 얼굴이 떠올랐다. 남편과 사별하고 자식들의 수발로 늙어버린 어머니 마음을 외조카는 알지 못했다. 어머니의 삶을 생각한다면 이러면 안 되는 것이었다.

"최 선장님, 몇 도로 가시겠습니까?"

최 선장은 기관장이 기관실로 돌아가고 이런저런 생각에 잠겼다. 그동안 반대편에서 예망을 해오던 인성호와 거의 콧잔등이 맞닿을 정도로 가까워졌다.

"어이, 미안해."

포클랜드 어장은 FAO41해구 어장이다. 포클랜드와 아르헨티나 배타적경제수역이 맞물리는 2백 해리 밖 공해이다. 아르헨티나 쪽에서 발달한 대륙붕의 끝부분이기도 했다. 까닭에 어장이 대륙붕 경사면을 따라 형성이 되었다. 다시 말하면 어장이 좁고 협소했다. 이처럼 마주치는 경우에는 항상 조심을 해야만 했다. 충돌뿐만 아니라 바닷물 속으로 길게 인출되어 있는 와프와 오타보드가 서로 엉켜서 대형 사고로 발전했다.

"오른쪽으로 돌리니 왼쪽으로 가시게."

인성호 1항사는 알았다고 하면서 기록이 보이냐고 물었다. 2마일 전방까지 기록이 있었네, 라고 정보를 주었다. 최 선장은 인성호와 최근접점 0.05마일을 설정한 뒤 레이더에 위험 레인지를 만들어 놓고 교신을 끝냈다. 인성호 1항사는 최 선장이 1항사로 남극크릴 조업을 할 때 데리고 있던 실습항해사다. 주문진수산고등학교를 갓 졸업한 초짜였다. 그런 실습항해사가 이젠 1항사로까지 진급했다. 선장을 하겠다고 승선 소감을 당차게 말하던 때가 어제 같았다.

"최 선장, 양망 안 해? 우리는 3천 개 들었어."

해구신이 그 사이에 양망을 했다. 김 선장이 최 선장을 찾았다.

"입망이 계속되고 있는데 끝나면 양망하겠습니다."

최 선장은 먼저 스탠바이 벨을 눌러 갑판 선원들을 대기시켰다. 입망을 예측하면 3천 개가 넘으면 넘었지 적지는 않았다. 오전에 예망한 것과 더하면 50톤이 넘었다. 오늘도 목표한 어획량을 초과 달성했다. 사실 최 선장이 타는 배는 동결량이 40톤이었다. 나머지 어획물은 폐기해야 한다. 어획량이 너무 많아도 탈이었다. 넘치는 고기로 선원들의 사기가 떨어졌다. 그건 월급만을 받고 승선한 외국 선원들이기에 더했다. 이들은 적당히 시간만 때우고 고정된 월급만 받으면 되었다. 한국 선원들의 입장과는 달랐다. 한국 선원들에겐 잡는 것만큼 돈이었다. 그로 인해 강도 높은 노동력을 요구하다 한국 선원과 외국 선원들 간의 폭력이 발생했다. 적당히 잡아야 했다.

코드엔드로 입망되는 기록의 양이 줄어들었다. 때맞추어서 수심도 점점 깊어지고 있고 처리실의 고기도 입고를 끝냈다는 보고였다. 양망할 시간이었다.

"감아."

윈치맨이 와프를 감기 시작했다. 웅웅거리는 소리를 내며 탄력 받은 윈치가 빠른 속도로 회전했다. 윈치의 회전력에 가벼운 선체 진동이 생기며 테이블 위에 놓아둔 커피 잔이 달그락거렸다. 양망을 눈치챈 알바트로스와 페트롤이 뱃전 주위로 몰려들었다. 물고기를 그물 안으로 잡아넣는 것만큼 물고기를 배 위로 올리는 작업도 중요했다. 몇 년 전엔 이곳 바다에서 양망 중 배가 전복되어 침몰하는 사고가 발생하기도 했다. 몇십 톤에 달하는 중량물을 뱃전으로 올린다는 건 배의 중심에 커다란 변화가 생기기에 신경이 곤두서는 일이다.

3

선원들의 마음이 흔들린 때는 어장 상황이 바뀌고서부터다. 어장을 이동하기 전 모리셔스에서는 선원들이 최 선장의 눈치를 살피기에 급급했다. 그곳은 선원들에게 파라다이스였다. 시험 조업인 탓에 개개인 직급에 따라 보수가 보장되어 있었는데 액수가 만만치 않았다. 예를 들어 갑판장 같은 경우 월 6백만 원에 매 항차 보너스만 해도 천불에 달했다. 게다가 항차라는 것이 겨우 두 달 조업이면 끝이었다. 독항 조업이기에 탱커선이나 운반선이 없어 부득이 모리셔스로 입항했다. 어장은 인도양이었는데 심해로부터 솟은 해산에서 알폰시노를 대상으로 하기에 어로도 편했다. 망파가 생기긴 했지만 1회 투양망이 작업의 전부였다. 알폰시노가 오전에만 무리를 이루어 식이 활동을 했기 때문이다. 어획량이라고 해봐야 2톤에서 5톤에 불과했다. 한 시간이면 선별에서 입고 과정의 처리 작업이 마무리 되었다. 그 이외는 개인의 자유시간이다. 보수가 일정하게 보장되었으므로 외국 선원들에게 노동을 강요할 필요가 없었다. 잡으면 잡는 대로 못 잡으면 못 잡는 대로 시간만 보내면 되었다. 그러던 어장에서 시험 조업이 끝났다. 그리고 어장을 포클랜드 어장으로 옮기면서 하나둘 사건이 발생했다.

포클랜드 어장 조업은 보합제였다. 보합제란 것은 기본 선박 수리비는 회사 경비지만 그 이외 경비는 매출에서 감하고 남은 이익금을 회사와 7.2대 2.8로 나누어가지는 정산 방법이다. 기관실에서 쓰는 걸레나 샤클 하나라도 절감해야만 했다. 자연히 책임자의 간섭이 심해졌다. 방임에 가까웠던 생활에 넘어야 할 문턱이 수없이 생겼다. 자유롭게 지내던 외국 선원들에겐 심한 스트레스였다. 게다가 한국 선원들은 보장 보수에서 전국원양산업노조가 책정한 월 생계비로 급여 시스템이 바뀌었다. 보장 급여의 삼분지 일밖에 안 되는 금액이었다. 거기에다 매 항차 지급되던 보너스마저 중단되었다. 확실하게 손에 들어오던 돈뭉치가 순식간에 사라졌다. 선원들의 상실감은 컸다. 더욱이 모리셔스에서는 뱃놈들이 가장 원하는 술과 여자마저 흔했다. 불과 백 불이면 조니 워커 한 병과 긴 밤을 보낼 여자를 구할 수 있었다. 중국에서 무더기로 내보낸 인력 때문이었다. 그녀들의 일부는 취업 비자로 봉제 공장에서 일했고 일부는 학생 비자로 머무르면서 매춘을 했다. 까닭에 모리셔스에서는 한국 선원뿐만 아니라 외국 선원들 또한 최 선장의 심기를 거스르지 못했다. 그야말로 최 선장은 왕이었다.

그의 왕국에 태풍급 바람이 몰려온 건 모리셔스에서의 계약이 끝나가는 시점이었다. 포클랜드로 어장을 옮긴다고 했다. 물론 회사의 일방적인 통보였다. 재계약을 생각하고 있던 최 선장이었다. 포클랜드에서 대박이 나서 선원들이 억대 정산을 보았지만 그건 벌써 2년 전의 일이었다. 대박이 다시 터지리란 법도 없지만 곳곳 냉동창고에 가득 찬 오징어로 인해 대박은 애당초 그른 일이다. 모든 것에는 때가 있었다. 그렇다고 해서 재계약을 포기할 수는 없었다. 선장 자리를 잃고 이삿짐센터 직원으로, 보도방 포주로 백수의 쓴맛을 충분히 보았다. 선장 자리를 놓치면 안 되었다. 몸뚱이 하나로 이만큼 대우받는 직업이 또 어디 있을까? 최 선장은 선원들을 어르고 달래서 포클랜드 어장으로 이동했다. 그런데 어장의 이동이 태풍급 바람이라면 당연히 파도가 따라왔다. 포클랜드 어장에서 조업을 시작하자마자 크고 작은 파도가 뱃전을 두드렸다.

"돈이 되겠습니까?"

한국 선원들 모두가 처리 작업을 미루고 점심 식사 중이었다.

"글쎄요."

최 선장이 말을 아끼자 입술에 침까지 묻혀 가며 갑판장이 말했다. 입가에는 허연 거품이 부글부글 붙어있었다.

"한국에 전화를 걸어보니 어가가 개판이라고 합니다. 한 팬에 2만원이면 아무리 많이 잡아도 기름값 빼고 운반비 빼면 적자가 아닙니까? 보급대도 아니고… 개고생 아닙니까?"

최 선장은 갑판장의 말에 대꾸할 말이 없었다. 자신이 계산해보아도 틀림없는 적자였다.

"일단은 잡아야겠지. 양으로 조지면 안 되겠나?"

최 선장은 갑판장을 쳐다보았다. 돈을 따지는 놈이 잡은 어획물은 왜 처리를 다 못하고 있냐는 지적이었다.

포클랜드 어장은 전년에 이어 올해도 풍어다. 어장이라 짐작되는 곳마다 기록이 보였다. 다만 어군의 차이였다. 주방의 조리장이 예망을 해도 만선이었다. 쏟아지는 어획량으로 인해 어가가 곤두박질쳤다. 전년도 풍어로 냉동 창고가 가득 차 있고 세계 경제마저 좋지 않았다. 까닭에 유럽이나 중국으로의 수출길도 막혀버렸다. 밀려드는 오징어로 인해 어가가 추락할 수밖에 없었다. 매출이 높아야 찾을 돈도 있는데 떨어지는 어가로 인해 이것저것 경비를 제하면 매출은커녕 수익이 없었다.

"돈이 안 되잖아요."

외사촌인 3기사가 하선하는 이유였다.

"형님도 생각해보세요. 지금은 무조건 참고 인내했던 16세기 대항해시대도 아니고… 회사에 대한 충성심과 뱃놈이란 명예로 배를 타는 건 아니잖습니까? 게다가 적성에도 맞지 않고… 빨리 포기하고 공무원 시험이나 준비하겠습니다."

틀린 말은 아니었다. 최 선장이 돈뭉치를 안겨주지 못하는 현실이니 달리 붙잡을 명분이 없었다. 자신의 인생은 저 스스로가 설계하는 것이다. 본인이 싫다는데 도리 없었다. 첫 번째 전재를 위해 버클리로 입항을 하자 3기사를 하선시켰다. 첫 하선자였다.

4

전문가들은 슈퍼 엘리뇨 때문이라고 했다.

남극의 빙붕에서 떨어져 나온 빙산이 훔볼트 해류를 타고 북상했다. 빙산이 크롬웰 해류에 북상하지 못하고 포클랜드 어장에서 녹아들자 그 영양염류로 오징어가 풍어라고 했다. 트롤선만 풍어가 아니었다. 함께 어장을 공유하고 있는 채낚기선까지 대어였다. 쏟아지는 오징어에 냉동 능력이 감당이 안 돼서 오징어를 썩힌다고 했다. 어가는 폭락에 폭락을 거듭했다. 20키로 한 팬에 8만 원대였던 것이 1만 5천 원대로 떨어졌으나 그마저 구입할 상인이 나타나지 않았다. 선원들이 이런 사실을 모를 리 없다. 최 선장의 한숨 소리가 깊어졌다. 어가가 바닥이라고 해서 조업을 허투루 할 수는 없었다. 고깃배 선장의 권력은 자신이 잡아들이는 어획량과 비례했다. 그러나 어가로 인해 의욕을 잃어버린 선원들의 처리 작업은 지지부진하기만 했다.

"최 선장 얼마나 했어?"

최 선장과 김 선장은 새벽에 한 방 떴다. 두 척 모두 투망을 미룬 채 표박 처리 중이었다.

"1항사와 기관장이 붙어있는데도 숫자가 안 나와, 이제 겨우 2천 개 했어."

해구신 김 선장은 끙끙 앓는 소리를 냈다.

"천오백 개 했습니다."

김 선장의 호출에 응답하는 최 선장은 은근히 자존심이 상했다. 배도 크고 처리 능력도 해구신보다 뛰어나서 마땅히 처리 숫자가 많아야 했다. 교신을 끝낸 최 선장은 처리실로 향했다. 발걸음이 무거웠다.

최 선장이 처리실로 들어서자 팬을 두들기는 소리, 컨베이어 돌아가는 소리, 배수 펌프 돌아가는 소리 등 온갖 소음이 쏟아졌다. 처리실을 천천히 둘러보았다. 피쉬본드에는 처리하지 못한 오징어가 산더미같이 쌓여있었다. 그런데도 한국 선원들은 한 명도 보이지 않았다. 갑판장이나 처리장이 작업을 이끌어야 할 터인데 외국 선원들만 느릿느릿 선별 작업을 하고 있었다. 처리가 늦는 것이 당연했다. 밤샘 작업을 한 탓에 다들 피곤한 것은 알지만 한국 선원들이 앞장을 서야만 했다. 해구신만 보더라도 당직을 끝낸 1항사와 기관장까지 처리실에서 작업을 돕고 있었다. 최 선장은 부글부글 화가 끓어올랐다.

"갑판장! 갑판장…."

최 선장 목소리는 처리실을 쩌렁쩌렁하게 울렸다. 느릿느릿 선별 작업을 하던 외국 선원들 손이 갑자기 빨라졌다. 잠시 후 선장의 고함 소리에 놀란 갑판장이 슬그머니 처리실 로비에서 나타났다. 잠에서 막 깨어난 부수수한 얼굴이었다.

"도대체 뭐하자는 거야, 선장 혼자 돈 버나!"

최 선장은 갑판장 면전에다 쌍욕을 퍼붓곤 브리지로 올라왔다. 하지만 화는 가라앉지 않았다.

"고기가 썩어가고 있는데 다들 처자빠져 자고, 고기를 잡자는 건지 말자는 건지… 해구신에서는 1항사와 기관장도 한 당직씩 처리실에서 뒹구는데 우리 배는…."

모두들 꿀 먹은 벙어리였다. 하지만 최 선장의 실수였다. 화가 나도 참아야만 했다. 모리셔스에서처럼 재미도 없을 뿐더러 돈이 되지 않는다는 것을 선원들이 알고 있었다. 어떻게 하루라도 빨리 빠져나갈까만 궁리하고 있는 선원들이었다.

항차가 시작되고 다음 날이었다. 양망 중이었는데 갑판장이 안 보였다. 2항사 보고에 의하면 밤새도록 술을 마셨다고 했다. 뼈 빠지게 그물을 당겨 봐야 돈이 되지 않는다고 했다. 개고생이라는 것이다. 화가 머리끝까지 오른 최 선장이 갑판장을 호출해도 나타나지 않았다. 몬테비데오에서 몰래 반입한 양주를 상자째 비웠다고 했다. 술은 선내에서 모든 사고의 원인이었다. 까닭에 선내에서 술은 엄격하게 통제되었다. 갑판장이라고 해도 선장의 허락 없이는 술의 선내 반입이 금지되었다. 강제 하선감이 충분했다. 갑판장이라고 생각이 없을 리 없다. 오히려 강제하선을 원했다. 최 선장은 갑판장을 하선시킬 수 없었다. 1갑원도 없는 상황이었다. 갑판장이 빠지면 어로 작업이 불가능했다. 어가만 떨어지지 않았다면 갑판장이 최 선장에게 무리수를 두지 않았을 것이다. 왜냐하면 돈이 되니까. 선원들은 어가가 떨어진 이후부터 최 선장의 눈치를 보지 않았다.

최 선장의 분노는 선원들에게 또다시 하선의 빌미를 준 것이나 다름없었다. 게다가 기관장의 과격한 성품도 한몫을 했다. 돈도 되지 않는데 욕까지 들어먹으면서 배를 탈 수는 없다, 라는.

최 선장의 화는 그대로 기관장에게 옮겨졌다. 그날 새벽 기관장은 1기사와 한바탕 드잡이를 했다. 균형 때문이다. 오른쪽으로 기울었던 배가 자꾸만 왼편으로 기울었다. 1기사와 당직 교대를 하면서 펌프를 돌려놓았다고 중심이 잡히면 멈추라고 지시를 했다. 그런데도 배가 왼편으로 자꾸만 기울어졌다. 무슨 일인가 싶어 기관실로 달려가 보았더니 펌프는 제 혼자 돌고 있고 기관사는 졸고 있었다.

순간 화가 벌컥 솟았다. 1기사란 놈이 책임감도 없이 당직 시간에 졸고 있는 건 두 번째 문제였다. 무엇보다도 자신의 지시를 무시했다는 것에 벌컥 했다. 기관장은 졸고 있는 1기사의 의자를 걷어차면 씨발놈아, 하기 싫으면 집에 가, 라고 소리쳤다. 그러자 눈을 아래위로 뒤집던 1기사는 그래, 너 다해 처먹으라며 기관실을 뛰쳐나갔다. 어가가 좋아 돈이 된다면 실수를 인정하고 용서를 구했을 터인데, 1기사 역시 돈이 안 된다는 것을 알고 있었고 중간 하선의 타이밍만 찾던 때였다. 1기사로서는 절호의 기회였다.

세상일이란 게 그랬다. 결과가 중했다. 선원들도 마찬가지였다. 자신들이 왜 욕을 들어먹는지 따지지 않았다. 그저 돈이 안 된다는 것에 관심을 집중했다. 그리고 끝은 하선이었다.

5

고기를 잡지 못한다면 어선의 선장으로서 자격이 없다. 하지만 고기를 잡을수록 어가가 떨어지니 최 선장 속내는 쓰릴 수밖에 없었다. 어쨌거나 고기는 잡아야만 했다.

오징어 어획이 뜸한 포클랜드 어장을 떠나 42도 어장으로 이동했다. 우루과이 배타적경제수역과 접한 공해 어장이었다. 기록이 곳곳에 산재해 있었다. 그동안 대어를 기록했던 45도 어장보다 어획량이 많았다. 일주일 만에 어창을 가득 채웠다. 전재를 해야 했다. 본사에서는 포클랜드로 이동해 전재하기를 원했다. 그러나 최 선장은 우루과이의 몬테비데오로 입항을 원했다. 거리도 가까워서 조업 손실도 적을뿐더러 경비 발생 측면에서도 선박에 유리했다. 무엇보다 넉 달 이상 바다에 떠 있으며 심신이 고달픈 선원들을 위로하기 위해서였다. 그러나 회사의 입장은 달랐다. 이유를 불문하고 포클랜드로 입항하라고 했다. 포클랜드 운반선 회사와 거액의 리베이트가 걸려 있기 때문이었다. 본사와 최 선장과의 줄다리기가 시작되었다. 부사장이 직접 전화까지 걸어와 포클랜드 전재를 강요했다. 최 선장은 거부했다. 마침내 회사가 굴복했다. 하지만 그 결과에 대하여서는 선장 책임이란 말도 잊지 않았다.
"몬테비데오 입항이다."
항차 마지막 그물을 뱃전에 올려 놓고 최 선장은 선내 방송을 통하여 입항지를 알렸다. 그러자 와 하는 함성 소리가 브리지까지 들렸다. 선원들도 그만큼 몬테비데오 입항을 원했다.
"선장님께 드릴 말씀이 있습니다."
최 선장이 뱃머리를 몬테비데오로 향해 놓고 브리지를 내려오려는데 1항사가 최 선장을 불러 세웠다.
"뭔데?"

"몬테비데오에서 하선하겠습니다. 대변에 피도 섞이고 몸이 피곤해 더 이상 근무는 어렵겠습니다. 병이 들어도 큰 병이 든 것 같은데… 죄송합니다."

처리가 늦어지는 문제로 최 선장이 지적을 하자 달가워하지 않던 1항사였다. 돈도 되지 않는데 사서 고생할 필요가 없다고 생각했을 것이다. 예전 같으면 미친놈 하면 그걸로 끝이었다. 하지만 세상이 달라졌다. 건강에 이상이 있다는 선원의 요청을 거부하면 인권 유린에 관한 문제가 발생했다. 결국 선장은 선상 폭력에 관한 법적인 제재를 받게 된다. 선원의 하선 요청이 있으면 하선을 시켜야 하며 본국으로 무사히 귀국할 수 있도록 처리까지 해주어야 했다. 전재차 입항을 한다니 기회였다. 추락하는 어가가 문제였다. 알겠다며 브리지를 내려가는 최 선장의 발소리가 무거웠다.

그렇게 하여 1항사와 1기사를 하선시키고 출항한 항차였다. 그런데 바다에 나오자마자 조기장이 하선을 하겠다고 말썽을 부렸다. 이번 항차만 마치면 오징어 어기가 종료되었다. 계약을 다음 어기까지 연장해야만 했다. 선원들과 달리 최 선장은 회사와 특약이라는 이면 계약이 되어 있었다. 총매출에 대한 상여금이다. 계약을 연장해 다음 어기까지 조업한다면 어가가 떨어졌다고 하나 총매출은 늘어났다. 이대로 어기가 종료되면 그야말로 쪽박이었다. 어획량을 무조건 올려야만 했다. 그게 최 선장의 계급이며 선장 의자를 지켜주는 무기였다. 함께 조업하고 있는 해구신보다 어획량이 적었다. 따라잡아야만했다. 그러자면 고기를 잡는 선장도 선장이지만 처리를 해내지 못하면 헛것이었다. 한 사람의 손이라도 아쉬운 때였다. 최 선장은 조기장의 요구를 묵살하기로 결정을 했다. 그래야만 했다. 더 이상의 하선자가 생기면 곤란했다.

포클랜드는 어느새 겨울을 지나 봄으로 접어들고 있었다. 환절기로 해상의 기후가 불순했다. 진한 안개가 몰려오거나 보퍼트 계급 7에 해당하는 바람이 수시로 불었다. 때때로 우박을 동반한 폭우가 쏟아졌다. 조업을 작파하고 피항을 하는 날이 많아졌다. 최 선장의 속은 까맣게 타들었다. 어획량마저 시들했다. 서로 부딪쳐 추락할 정도로 몰려들던 알바트로스도 개체수가 줄어들었다. 그 대신 페트롤이 떼로 몰려들었다. 어장이 끝나가고 있다는 것을 말하고 있었다. 이럴 때일수록 예망에 신경을 써야 했다. 종어기로 접어들면 산재하던 어군들이 한곳으로 밀집하는 아다리 어군이 되었다. 까닭에 어군을 공략한 조업선은 만선이고 기록을 입망 못한 조업선은 물방이었다. 천국과 지옥 사이를 헤매는 시기였다. 다행히 최 선장은 아다리가 자주 나서 떨어진 어획량을 어느 정도 만회할 수 있었다. 최 선장은 마지막 연료류를 공급받았다. 그리고 탱커선으로 편승해온 새로운 1항사와 1기사를 인수하고 조기장을 하선시켰다. 항구에 입항할 때까지 귀국시키지 않으면 선장의 고의성으로 고발당

할 수 있었다.

최 선장은 편승 선원 인수와 하선자 통보를 겸해 다음 어기 계획을 본사에 의뢰했다. 하지만 본사에서는 오징어 어기가 끝나가도록 이렇다 할 메시지를 보내오지 않았다. 다음 어기를 위한 수리 계획의 방향이나 계약을 종료한 외국 선원 수급에 대한 회신이 있어야 했다. 최 선장은 본사의 태도가 왠지 찜찜했다. 한 어기가 끝나 총체적 선박 수리를 하게 되면 계약을 종료하고 재계약을 한다는 내용이었다. 선체를 크게 수리할 곳이 없지만 본사에서 수리를 하겠다면 수리에 임해야만 한다. 그렇게 되면 자연히 어로 계약은 종료되었다. 선장으로 재임명을 받지 못하면 최 선장은 배를 내려야 했다. 아무튼 특별한 하자가 없는 이상 선장은 통상적으로 재임명을 받았다. 선박 책임자가 바뀌면 그에 따른 경비가 곱으로 발생하기 때문이다. 기관장도 은근히 재임명을 바라는 눈치였다. 모든 선원이 배를 떠나고 싶어 안달해도 쉰 중반에 든 최 선장이나 기관장이 한국으로 돌아가 무엇을 할 것인가. 선원들이야 어가로 인해 돈이 안 된다고 야단이지만 최 선장에게는 특약이 있었다. 그러나 바다에 갇혀 있는 자신이 육지에서 무슨 일이 벌어지고 있는지 어떻게 알겠는가. 더군다나 부사장 지시를 거부한 전재 건과 그걸 벌충할 어획도 크게 뛰어나지 못했다. 조직의 쓴맛이 재임명의 길을 막을 수 있었다. 최 선장이 은연중에 불안해하는 이유였다.

"오징어가 전혀 없어."

예망이 끝나 먼저 양망한 해구신 김 선장의 기운 빠진 목소리였다.

"……."

김 선장은 벌써 다음 어기를 위한 상가 스케줄까지 통보받았다. 이번 어기로 바다를 떠나기로 작정한 김 선장이었다. 자신을 위해 수고한 1항사에게 배를 물려줄 수 있도록 회사와의 합의도 끝냈다. 오랜 선박 생활의 대미를 의미 있게 끝내고 은퇴하는 김 선장이 부러웠다. 자신에게는 언제 그런 날이 올 것인가. 1항사는커녕 자신의 자리조차 알 수 없는 최 선장이었다.

"본사에서 연락 없어?"

김 선장이 최 선장의 거취에 관해 물었다. 최 선장은 딱히 전해줄 이야기가 없었다. 그저 예, 라고 대답할 수밖에 없었다. 그때 이메일이 왔다는 부저 소리와 동시에 브리지 사무용 컴퓨터가 삑삑거렸다. 곧이어 메시지가 인쇄되는 소리도 들렸다.

수고사 이번 항차를 마지막으로 주보조기관의 총체적 수리에 들어갑니다. 계약은 종료합니다. 입항은 다음 주 월요일 오전 8시 00분 몬테비데오 53번 선석입니다.

그렇게 오징어 어기가 끝났다. 회사로부터 최 선장이나 기관장이 원했던 재임명에 대한 어떤 언질의 문구도 없었다. 잦은 선원 이탈과 부사장의 권위에 대항한 앙갚음이었다. 계약은 종료되었고 선원들을 쓰레기 같은 인생이라고 폄하했던 최 선장의 권력도 자연히 사라졌다. 계약 중간에 하선했거나 계약을 종료당하고 하선을 당하거나 같은 하선자였다. 결국 1년을 연장하지 못하고 최 선장이 이끌던 선원은 바다에서 길을 잃었다.

이메일을 단숨에 읽어 내린 최 선장의 눈자위가 물안개가 낀 것처럼 흐려졌다. 짧은등가시치에게 찔린 손가락의 상처 주변이 욱신거렸다. 시간이 꽤 흘렀지만 아물지 않았다. 폐혈증으로 덧날 우려가 있었다. 최 선장은 일회용 반창고를 떼어냈다. 저릿한 상처 부위는 곪아있었다. 다시 드레싱을 하고 일회용 반창고를 둘렀다. 한동안 잠잠하던 파도가 일어났다. 마치 으르렁거리며 먹이를 쫓아가는 야생 짐승 이빨처럼 보였다. 최 선장이 긴 한숨을 내뱉자 뱃머리에서 부서진 물보라가 천천히 수평선을 지웠다.

태평양 수렴대

지구 자전 또는 수온 차이와 바람에 의해 바닷물은 일정한 방향으로 흐른다. 그 흐름을 해류라 한다. 해류는 순환하지만 일정 수역에 닿으면 그 흐름을 멈추기도 한다. 무풍대를 떠도는 유령선처럼. 그곳이 수렴대다.

1

"이 배는 어디까지 갑니까?"

내가 바보처럼 물었다.

1번 해치코밍 위에 서 있던 1항사가 시선을 돌린다. 무슨 소리냐는 표정이다. 머리를 빡빡 깎은 민머리가 작업등 불빛에 반짝 빛났다.

"항해 기간이 길어서요…."

그렇게 얼버무릴 수밖에 없었다.

"멀미는 끝났습니까?"

베트남 선원인 반합이 나선다. 다 왔습니다. 쓰가루 해협을 통과하고 사흘을 쉬지 않고 달려왔으니까요. 반합의 말을 듣고 있으니 며칠 전 우연하게 등댓불 궤적을 본 기억이 났다.

침묵으로 일관하던 선원들이 나를 힐끔거린다.

"이야기나 마저 들어보자."

곁의 구릉이 소매 끝을 잡아당긴다. 구릉은 네팔에서부터 같이 지내온 친구다. 1항사는 선박 공동 생활에 대한 규범을 설명 중이다. 다섯 나라에서 선원이 승선한 배다. 중국, 베트남, 인도네시아, 필리핀, 네팔이다. 이들이 고립된 선내에서 함께 생활하려면 일정한 규칙이 필요했다.

1번 해치코밍 위에는 부산항을 출항하고 처음 대면하는 선장과 기관장, 그리고 갑판장도 서 있다. 입에 침을 튀기는 1항사지만 정작 내가 알아들을 수 있는 한국말은 없었다.

다음 차례는 선장이다. 그가 내게 잠시 시선을 주었다가 말문을 연다. 구레나룻을 기른 날카로운 시선이 동공에 닿는 순간 나도 모르게 얼굴을 돌린다. 선장 말은 대충 이런 뜻이다.

"반갑다. 나는 선장이다. 우리는 6개월 정도 바다에 머무르게 된다. 그동안 직무상 명령에 충실히 따르기 바란다. 그리고 개인적인 고충이나 애로사항이 있으면 나에게 말해라. 왜냐하면 너희는 나의 선원이기 때문이다. 이틀 후부터 작업에 들어간다. 행운과 건강을 빈다."

나는 강의를 듣는 학생처럼 고개를 끄덕였다.

말을 마친 선장은 1항사와 갑판장에게 간단하게 지시를 한 후 브리지로 향한다. 선장이 사라지고 나자 1항사가 선원들을 일일이 호명하기 시작한다.

갑판장이 호명당한 선원에게 선상 생활에 필요한 선용품을 지급한다. 호명당한 선원은 다소 들뜬 표정으로 선용품을 지급받는다.

간단한 세면도구에서부터 담배까지 치앙마이에서는 구경하기조차 힘든 것이다. 이십여 가지가 넘는 물품이었으나 육중한 몸에 비해 손놀림은 기계적으로 정확하다. 그만큼 바다에서의 생활이 익숙하다는 것이고 어김없이 해오던 일을 하며 육지를 잊어갈 것이다. 선원들 역시 바다에서 사용할 물품을 지급받는 이 순간부터 바다로 떠나오게 한 모든 일들을 잊어야 한다. 그들이 떠나온 거리의 익숙함, 그들을 행복하게 했던 음식의 맛, 그들이 사랑했던 여인의 가슴, 나 또한 모든 것. 지금까지 만든 모든 추억을 잊어야 한다. 네팔과 히말라야… 풀바 또한. 하늘을 쳐다본다. 짙은 회색빛 안개가 마스트를 덮고 있다. 며칠 동안 변하지 않는 진력나는 풍경이다.

"텔파!"

내 이름을 호명하는 소리가 들린다. 1항사는 작게 말하는 법이 없다. 아마도 오랜 바다 생활이 목청을 키웠을 거다. 바람과 파도와 싸워가며 생긴 버릇이다.

선용품 지급은 한 시간 안에 끝난다. 지급받은 물품을 정리하다 문득, 바다에 닿았다는 실감이 난다. 항해는 탈출이다. 지상을 벗어나 대자연과 싸우는 투쟁이다. 낯선 불안 속으로 젖어드는 새로운 일상이다. 눈이 머문다는 동네, 히말라야 풍경을 그리움으로 떠올리면 안 된다. 다시 속이 니글거린다. 어디선가 부리가 노란 새가 날아온다. 선원들이 신천옹이라 이야기하는 갈매기가 날아왔다. 안개 속으로 꼬리를 사린다.

"아직도 메슥거리냐?"

뱃전 바깥으로 목을 빼놓고 웩웩대는데 구룽 목소리가 들려온다.

"아니. 아니."

허우대 멀쩡한 놈이 아직도 멀미를 하면 어떻게 하나. 진짜 골치 아픈 놈일세. 이 새끼가. 바캉스 왔냐. 그렇게 목을 빼고 있다가 파도에 맞아 떨어지면 골로 간다. 정리를 마친 갑판장이다. 구룽이 갑판장 눈치를 살핀다.

도대체 네팔이 어디야? 히말라야에 있는 나라라고… 에베레스트가 병풍처럼 둘러싼 분지에 있다고. 미치겠네. 발음도 잘 안되네. 거기는 바다도 없는 곳인데. 아이고. 너희들 바다를 보기나 봤나? 선원 소개소 놈들 미친놈 아니야? 평생 바다도 못 본 놈을 뱃놈이라고 데리고 와. 아이고, 사람 죽겠네. 승선 대기 중인 자갈치 선착장에서 대면한 갑판장의 거친 언사다. 갑판장 왜 이래. 선원들 겁주지 마, 라는 선장 엄명이 있었는지 갑판장은 항상 우리 주변에 있다. 좆도 모르는 놈들은 위험하다고 말한다.

"어떤 놈은 엄마 배 속부터 뱃놈이었나!"

내가 다시 웩웩거리며 얼굴을 붉힌다. 동남아에서 승선한 외국 선원들은 웃음을 참느라 몸을 꼬고 갑판장은 그런 나를 째려보느라 눈을 치켜뜬다.

멀미는 가시지 않는다. 출항하고부터 토하고 또 토한다. 그러는 한편 이렇게 바다에 길들여지는 거겠지, 라며 멀미와 싸움도 이어나간다. 승선을 결정했지만 멀미가 이리 오래갈 거란 것은 생각지 못했다. 배를 타면 멀미를 한다는 이야기를 들었을 때 나는 이삼 일이면 충분하리라 생각했다. 그러나 막상 부두에서 밧줄을 푸는 순간, 잘못된 생각이라는 걸 알았다. 멀미는 쉬지 않고 나를 괴롭혔고 시간은 더디게 흘러간다. 멀미는 늪에 빠진 듯 항해를 하면 할수록 더욱 심하다. 먼 바다로 나아갈수록 파도가 커졌기 때문에 신체가 적응이 되기 전 또 다른 멀미가 덮쳐온다. 주변이 노랗게 변한다.

"마셔."

그사이 구릉이 물 한 잔을 가져온다. 천천히 물을 마신다. 구릉이 등을 두드려준다. 올컥하자 토사물이 다시 밀려나온다. 나는 이마를

찡그린다.

2

넉 달 전 한국에서 원양어선원을 모집한다는 공고를 보게 되었다. 멀리, 더 멀리 떠나자고 구릉이 말했다. 나는 가면? 이라고 물었다. 그는 바탕화면이 이집션 블루로 채색된 ㈜원양산업 선원채용 화면을 띄우며 말했다.
"한 달 급료가 250달러이다."
한국 원양산업노조 부설 ㈜원양산업에서 제시한 금액은 우리가 한 달 버는 돈의 다섯 배다. 거기다가 전재비라든지 상륙비, 상여금을 더하면 500달러에 달하는 거금이었다. 네팔 정부와 MOU를 체결하고 하는 일이라서 유령회사는 아니라고 했다. 공고를 숙독하고 있는 내게 구릉은 사진 한 장을 내밀었다. 인터넷에서 구한 원양어선이라고 했다. 원양어선이라고 말할 때 그는 목소리에 힘을 주었다. 네팔에서는 도저히 볼 수도 없는 큰 배다. 은근슬쩍 구미가 당겼다.
나는 한동안 화면을 들여다보다가 카운터 위 수화기로 손을 뻗었다. 담당자와 닿느라 몇 차례 전화는 ARS를 거쳤다. 인내심을 발휘하여 자세히 질문했다. 승선 조건은 무엇입니까? 보수는요? 언제 떠납니까? 매니저가 다가오는 기척에 얼른 수화기를 내려놓았다. 급료는 250달러 플러스알파입니다. 3개월 후… 에서 대답은 잘려나갔다. 수화기를 내려놓자 클클거리는 웃음이 새나왔다. 삼 년도 더 넘은 것 같다. 이곳에 처박힌 것이. 전공은 뒷전이고 마사지와 세신으로 살아온 시간이었다. 퇴근하여 숙소로 돌아가면 인터넷 게임에 빠져서 먹지도 자지도 않았던 시간이었다. 비몽사몽간 아침이 오면 직장으로 출근해야 했다. 그래 이제는 그 짓도 싫증나. 어딘가 낯선 곳으로라도 가 부딪히고 으스러지더라도 떠나봐야지. 양손으로 깍지를 꼈다. 온몸의 근육을 팔로 모았다. 으드득하는 파동이 심장으로 전해졌다.

나는 테라피샵에서 일을 했다. 말을 바꾸면 마사지 업소다. 테라피를 전공한 탓이다. 카트만두는 직업을 구하지 못한 청년들로 넘쳐난다. 직업이 있다는 건 행복한 일이었다. 그러나 관광객을 상대로 하루 종일 일해야 입에 풀칠할 정도다. 같이 가자. 구룽의 속삭임이 귓속에서 맴돌았다.

구룽은 스물다섯 살. 같은 전공을 공부하고 고만고만한 테라피샵에서 일을 했다. 우리의 고향은 카트만두에서 비행기를 타고 한 시간을 날아가야 했다. 그마저 경비행기여서 날씨가 나빠 취소되기 일쑤다. 그것이 끝이 아니었다. 솔로쿰부에서 차가 들어갈 수 없는 산길을 여덟 시간이나 걸어가야 했다. 평지를 지나면 강을 건너고 강을 건너면 또 오르막길을 올라 수차례 산을 넘어야만 도착하는 치앙마이다.

중학교를 졸업할 무렵 나와 구릉은 국비장학생 통보를 받았다. 카트만두 고등학교에서 전문직 직업 교육을 받을 수 있는 기회였다. 네팔 정부가 유네스코 도움으로 실행하는 커리큘럼이었다. 떠나자, 멀리. 구릉이 말했다. 나는 떠나면? 이라고 물었다.

"해발 3,000미터. 숨이 턱까지 차오르는 이 현실. 벗어나는 방법은 떠나는 거다. 멀리. 이곳을 탈출하므로 더 먼 곳을 보게 되고 더 많은 것을 알게 되고 빛나는 눈을 갖게 되겠지."

홀어머니 밑에서 철이 빨리 든 탓일까? 사춘기에 접어들며 삶에 대하여 골똘히 고민하는 시간이 잦았다. 구릉 역시 나와 같은 처지였다. 그래서 우린 서로 죽이 더 잘 맞았는지 모른다.

구릉은 그때 탈출이란 단어를 입에 올렸다.

멀리. 더 멀리. 또 다른 기회가 이거야. 구릉이 고개를 들고 조용히 내 눈을 바라보았다. 구릉의 눈은 한 번도 가본 적 없는 바다처럼 나를 설득했다. 한국은 진즉부터 가보고 싶은 나라였다. 밤새도록 인터넷 서핑을 하면서 알게 된 나라이다. 코리안드림이란 말도 심심치 않게 친구들로부터 들었다. 네팔마저 벗어나야 한다는 것은 두려움일 수 있으나 그와 함께라면 그 어느 곳에도 갈 수 있을 것 같았다.

그날은 마침 토요일이었고 고등학교에서 만나 사귀기 시작한 풀바도 약속한 듯이 테라피샵을 찾아왔다. 구릉이 선약이 있다며 나와 재빠르게 눈길을 주고받고 자리를 피해 주었다.

"저녁 안 먹었지?"

허기를 달래기 위해 식당으로 자리를 옮겼다. 손님이라곤 아무도 없었다. 주인이 무엇을 시킬 것인가 표정 없이 내 쪽을 바라보았다. 옥수수 술과 릴둑이요. 릴둑은 네팔의 감자수제비다. 찐 감자에 옥수수 가루를 넣고 찧어 쫄깃쫄깃한 반죽을 만들고 고추와 마늘을 소금과 빻아 매운 육수를 만든다. 그 육수를 끓이면서 감자 반죽을 넣는 전통 음식이다. 카트만두로 떠나오기 전날도 어머니는 마니차를 돌리듯 감자 반죽을 빚고 빚어 릴둑을 만들어주셨다. 릴둑의 뜨거운 국물을 들이켜자 왈칵 슬픔이 몰려왔다. 칠십이 넘은 노구로 감자와 밀농사 일을 손에서 놓지 못하는 어머니. 5년 전부터 시도 때도 없이 눈물이 흘러 고생하는 어머니. 치앙마이 주변 수십 킬로미터 안에 병원이 하나 있지만 그건 정부에서 운영하는 보건소였다. 카트만두로 모셔와 큰 병원에서 정밀 검사를 받아야 하지만 문제는 돈이었다.

식사도 하기 전 담배를 피워 무는 내게 그녀가 물었다.

"왜, 무슨 일이 있어?"

이 일이 지긋지긋해. 관광객의 때나 밀고, 사지나 주물러대고,

이렇게 살아가야 한다는 것이 신물이 나. 나는 담배를 끄고 술을 따랐다. 계란이 풀어진 옥수수술을 한 사발 들이켜자 뜨거운 열기가 순식간에 목까지 치솟았다. 나는 열기가 뿜어져 나오는 목을 진정시키기 위하여 말문을 열었다.

"풀바, 바다로 가야겠어."

그녀의 얼굴이 일그러졌다.

"바다?"

그녀는 바다가 무엇인지도 모르는 표정으로 물었다. 립스틱조차 바르지 않은 맨 얼굴이었다. 그래, 바다. 그곳으로 가서 당신 귓불 뒤에 뿌릴 구찌 향수와 당신 그 메마른 입술에 바를 샤넬 립스틱을 사고, 당신 손에 들려줄 루이비통 핸드백을 사고 싶다. 나는 속으로 중얼거렸다.

"구룽이 함께 가재."

나는 손가락으로 구룽이 사라진 방향을 가리켰다.

"그곳에서는 뭘 하는데?"

"배를 타는 거야. 원양어선이란 배의 선원이 되는 거지. 카트만두처럼 산으로 둘러싸인 곳을 벗어나면 가슴이 뻥 뚫릴지도 모를 일이지. 내가 돌아올 때까지 당신은 기다려 줄 수 있겠지?"

"……."

숙소로 돌아가는 거리는 스산할 정도로 빛이 꺼져 가고 횡하니 바람이 불었다. 밤하늘의 별들이 히말라야 언덕에 지천으로 핀 천일홍처럼 흔들거렸다. 그녀가 숨을 쉴 때마다 동그랗게 입김이 뿜어져 나왔다. 추웠다. 그녀와 나는 손을 잡고 함께 걸었고 숙소 입구 골목길 가로등 밑에서 입을 맞추었다.

헤어지기 전 풀바는 내 손을 한 번 잡았다가 놓았다. 나는 그녀의 뒷모습을 지켜보았다. 그녀의 등은 점점 멀어져 작은 점이 되었다. 멀어져가는 그녀를 바라보며 물고기를 쫓아 수평선 너머로 끝없이 달리는 하얀 배를 떠올렸다. 나는 왠지 서글퍼져 고개를 돌렸다. 숙소로 들어온 나는 원양어선 사진을 뚫어져라 바라보았다. 치앙마이를 벗어나기 위해 구룽이 입에 올렸던 탈출이란 단어가 떠올랐다. 탈출은 신천지로 나가는 비상구다. 다음 날 나는 구룽에게 가겠다고, 바다로 가자고 말했다.

3

멀미로 인한 거북함은 어장 도착을 앞두고 하루아침에 사라졌다. 그래야 했다. 조업을 시작하자 서투르긴 해도 뱃일에도 점점 적응이 되었다. 치우고 닦고 묶고 당기고. 동작이 빨라지고 눈치도 늘어났다.

육지의 냄새는 아직 그립지 않다. 아쉬움이 있다면 구릉은 기관원, 나는 갑판원으로 부서를 배정받아서 배 안이지만 자주 볼 수 없다.

"오늘은 이곳에서 투망한다."

선장의 조업 지시가 마이크로 하달된다. 배는 어둠이 몰려오길 기다리며 엔진을 정지한다. 푸우! 하고 표박하는 뱃전 가까이 물 뿜는 소리와 동시에 무지개가 생겼다가 사라진다. 오래지 않아 배의 좌현과 우현을 번갈아가며 검은 지느러미를 내놓는다. 먹이를 찾는 것 같다. 와, 고래다, 고래. 민다나오가 고향인 제프리의 입이 감탄사로 찢어진다. 어디에서부터 온 고래일까? 그동안 자주 목격한 돌고래보다 큰 덩치의 이놈은 진짜 고래다. 저 큰 덩치를 지키기 위해 이 넓은 바다에서 먹이를 찾아다니는 삶. 생명을 부지한다는 것은 인간이나 고래나 고단하고 힘든 일이다.

"빨리 모여!"

온실은 선장의 작품이다. 그는 브리지 옆 빈 공간에 비닐하우스를 만들고 상추와 고추, 쑥갓 등 푸성귀를 기른다. 가끔 선원들 식탁에 공급할 정도로 소출은 짭짤하다. 선장은 온실 관리자로 나를 지명했다. 무슨 일이야? 1항사 호출이다. 왜에? 나도 몰라. 1항사가 집합시키는데. 뭐가 잘못 됐나? 작업 갑판으로 내려가는 계단에 선원들의 발소리가 수선스럽다. 무슨 일인가. 갑판으로 내려가 봐야 하나.

망설이면서 눈은 막 봉오리가 생기기 시작한 고추 꽃대에 머무른다.

"이 개새끼들아."

1항사는 시도 때도 없이 욕을 내뱉는다. 바다에서 평생을 보낸 그의 지문 같은 품성이다. 갑판에는 삼삼오오 선원들이 몰려 서 있고 그의 얼굴은 벌겋게 달아오른다. 어창에 적재해 놓은 기호품, 귀항 시까지 먹어야 할 식음료과 과자류, 식빵과 초코파이 등을 1항사 지시 없이 선원들이 손을 댔다.

"아첸, 너야?"

지적받은 인도네시아 1갑원은 꿀 먹은 벙어리다.

"반합, 너냐?"

베트남 1갑원도 꿀 먹은 벙어리다.

"제프리?"

필리핀 1갑원 역시 꿀 먹은 벙어리다.

너희들이 나한테 개긴단 말이지. 1항사는 화를 참지 못한다. 얼굴색이 연신 붉으락푸르락한다. 문화적 차이라고 보기엔 과격한 성품이다. 시발놈들아! 너희들 손을 안 탔으면 누가 먹었다는 거야? 국적에 상관없이 공정하지만 빵빵 뛰는 꼴이 금세라도 누굴 하나 후려칠 기세다. 하지만 선상에서 폭행은 부당하다. 물론 잘못이 선원들에게 있다 해도 폭행은 인권뿐만 아니라 선박 생활에 부정적 영향을 미친다. 지시 없이 선내 물품에 손대지 말라고 누누이 강조한다. 그러나 폭행으로 이어질 일은 아니다. 일본 같은 선진국은 안 그런데 꼭 요롷게 어중간한 나라들이 유난을 떤다니까. 소곤거리는 말소리가 들려온다. 외국 선박에서의 경험이 풍부한 베트남 선원들이다. 반합이 조용히 하라고 눈짓을 보낸다.

좆같네, 뭐가 얼마큼 없어졌다고. 우리를 도둑놈 취급하고 있나? 1항사가 다 처먹고 우리에게 덮어씌우지는 않겠지. 다행히 1항사는 베트남 말을 못 알아들을 거 같다. 외국인 선원들은 남의 일처럼 태평이다. 애매한 1갑원들만 1항사의 험한 인상에 조바심을 낸다.

"뭐가 이렇게 시끄러워?"

떠들썩한 갑판의 분위기를 감지한 선장이다. 1항사의 자초지종을 듣고 난 선장은 무언가를 골똘히 생각하는 눈치다. 손 탄 박스 다 꺼내봐. 갑판장이 박스를 가져오자 선장은 아무런 말도 없이 포장이 찢겨나간 박스를 통째로 바다에다 던져버린다. 지시 없이 포장을 찢으면 이유 불문하고 바다에 버리겠다는 경고다.

한국 놈들 성격은 지랄 같아. 브리지로 향하는 선장의 뒤통수에 대고 하는 제프리 말에 왜? 나는 어깨를 으쓱한다. 지적이나 훈계로 끝나도 될걸, 저 귀한 것을 바다로 버리기까지 하느냐. 그렇게 생각하지 않느냐는 뜻으로 제프리가 나를 빤히 쳐다본다.

한바탕 소란이 지나가고 며칠이 흘렀다. 어군이 발견되지 않아 초저녁부터 어탐이다. 배는 물고기를 찾아 끊임없이 파도를 헤치며 달리고 있었고 선원들은 작업 갑판에 모여 잡담을 늘어놓고 있다. 그럴 때 1항사가 다가와 잠수할 줄 아는 선원들을 파악한다.

"잠수할 줄 알아? 한 번 잠수에 300달러이다."

나는 아니고 구릉이 잘합니다. 바다도 없는 곳에서 어떻게 잠수를 해? 모르시는 말씀입니다. 네팔에는 바다는 없지만 호수는 있습니다. 구릉은 스쿠버다이빙 자격증까지 가지고 있습니다. 참 놀랄 노 짜군. 바다도 없는 곳에서 온 놈이 스쿠버다이빙 자격증이라니! 구릉이 자격증을 취득했던 날이 기억난다. 그때 그는 이렇게 말했다. 멀리, 더 멀리 내 인생을 탈출하기 위한 도구의 하나야, 라고. 혹시나 하고 물었는데 나의 응답에 1항사는 뜨악한 표정이다.

인도네시아 1갑원 아첸과 베트남 1갑원 반합이 뒤이어 손을 든다.

"어째서 선원이 되었어요?"

1항사가 브리지로 돌아가자 아첸이 묻는다. 네팔에서 왔다니까 그도 궁금했는가 보다. 돈을 벌려고요. 그는 좀 더 거창한 답을 기대한 모양이다. 경험 없인 힘든 직업인데, 선원들 중엔 경험 없는 사람과 함께 승선하는 것을 싫어하는 사람이 있어요. 특히 어선은 더욱 심하지요. 경험이 없다는 것은 어떤 일에 대하여 사고의 폭이 넓지 않다는 것이고. 이런 말이 있잖아요. 머리가 나쁘면 손발이 고생이라는 말. 이해할 만하다. 그 생각이 틀렸다는 걸 보여줘야 하는 게 때로는 힘들어요. 경험 많은 선원 못지 않게 일해야 하고… 약한 모습을 보이면 안 되니까요. 그래서 텔파 씨가 제일 눈에 뜨였구나. 곁에 있던 반합이 비밀이라도 얘기하듯 목소리를 낮춘다.

"고맙습니다. 그런데 우리 배에는 인도네시아 선원들이 제일 많은데 아첸 1갑원은 언제부터 승선 생활을 했어요?"

느닷없는 나의 물음이다. 보망용 바늘대에 실을 재던 반합이 소리 없이 웃는다.

나는 농부였어요. 3모작 벼를 파종하던. 거머리처럼 달라붙는 일상의 무료를 잊기 위해 선원이 되었지요. 계산 착오였어요. 생을 의탁하기엔 선원은 자유로운 직업이 아니거든요. 반합이 고개를 끄덕였다. 사이클론을 만났어요. 텔파 씨? 참치 알아요? 그놈 잡으러 출어했을 때지요. 인도양 한가운데서 두개골을 으깰 것 같은 삼각파가 몰려오는데 수평선이 벽이 되어 일어서는 거예요. 어느 영화의 한 장면처럼. 당시를 회상하는 아첸의 눈은 두려움으로 가득 찬다. 전장 50미터의 배가, 아스팔트 위를 구르는 낙엽처럼, 아첸은 사이클론에 굴복당한다. 아첸이 내 손을 잡는다. 나는 손에 힘을 준다. 아첸이 설명하는 바다가 한눈에 들어온다, 아첸의 입에서 침이 튈 때마다 역설적이게도 하얗게 질린 사람은 바로 나다. 폭풍에 당한 난파선의 늑골처럼 가슴이 아득해지고 숨은 턱에 닿는다. 콰르르르. 거대한 물덩어리가 쏟아져 마침내 나를 덮쳤다.

4

 구릉이 사망했다. 갑작스런 그의 죽음은 나에게 아첸이 만났던 사이클론보다 더 큰 파도다.
 북태평양 칠월은 장마철이자 안개의 바다다. 잠수할 수 있는 선원을 1항사가 파악한 지 사흘도 채 지나지 않았다. 이날도 장대같이 퍼붓는 빗속에서 배가 갑자기 정지를 한다. 작업 중 주기관이 정지하는 일은 작업선에서는 있을 수 없는 일이고 발생되어서도 안 된다.
 "1항사, 기관실로 가 봐!"
 앰프를 타고 나오는 선장의 짜증 섞인 명령이다.
 "시부랄!"
 선수에서 물고기 행로를 찾던 1항사가 후다닥 기관실로 향한다. 잠시 후 나타난 1항사 얼굴이 사색이었다. 큰일 났어! 스틴 튜브가 새는데, 침수량이 장난 아니야. 잠수기 찾아봐. 기관실에서는 조치가 안 될 것 같아. 갑판장에게 지시를 하는 1항사 표정만으로 사태의 심각성을 짐작할 수 있었다. 빗줄기가 가늘어지며 짙은 안개가 몰려오기 시작했다.
 1항사 말에 의하면 배에서 공식적 누수를 인정하는 두 곳이 있었다. 기관실 스틴 튜브와 타기실 라다 포스트다. 라다 포스트는 타기실과 선미 외측으로 돌출된 라다를 연결하는 축이다. 축의 마찰계수를 줄이기 위해 누수되는 바닷물을 윤활제로 사용한다. 그리고 누수량은 선박 운항자 의지대로 조절이 가능하다. 문제는 기관실 스턴 튜브다. 이 또한 선박 운항자의 의지대로 누수량을 조절할 수 있으나 라다 포스트와는 훨씬 더 복잡한 메커니즘을 가지고 있다. 많은 선박이 스턴 튜브 누수량을 조절 못해 침몰하곤 한다.

  배가 움직이는 것은 엔진의 수직 운동이 크랭크를 통해 회전 운동으로 바뀔 때이다. 그 힘을 축계를 이용해 스크루로 전달하기 때문이다. 스턴 튜브는 축계가 기관실 내부에서 선외로 빠져나가는 통로다. 이곳 역시 축계의 마찰계수를 줄이기 위하여 바닷물을 윤활제로 사용한다. 스턴 튜브는 리그남바이트란 삼나무 패널로 보호되어 있으며 리그남바이트와 축계 사이에는 그리스 패킹이란 방수제를 넣는다. 그런 다음 기관실과 선체 외측에 그랜드 패킹으로 고정하여 누수량을 조절한다. 그런데 어떤 이유에서인지 그리스 패킹에 문제가 생기면 그랜드 패킹으로 조절이 불가능할 때가 있다. 이럴 때는 그랜드 패킹을 오픈하고 새로운 그리스 패킹을 설치해야 한다. 그런데 그랜드 패킹을 마음대로 오픈할 수가 없다. 수압 때문이다. 수압으로 인해 기관실 내부에서는 스턴 튜브로 밀려드는 바닷물을 막을 방법이 없다.

  몰려드는 안개는 농도를 더해서 이젠 선수 마스트도 보이지 않았다. 내 가슴조차 답답해지는데 배를 책임지는 선장 마음은 어떨까. 바닷물을 막을 수 없다면 어떻게 되지? 나는 스스로에게 배의 운명에 대하여 질문을 던진다.

"수경과 에어 호스, 슈트는 있는데 펌프는 보이질 않습니다."

아첸과 반합을 데리고 선수 창고를 뒤지다 온 갑판장이다. 선미갑판에서 대기해. 보고를 받은 1항사는 서둘러 브리지로 향한다. 1항사 뒤를 따라 잠수 용품을 선미로 옮기는데 기관실 입구에서 구릉이 허둥지둥 무언가를 찾고 있었다. 오랜만이다. 서로의 부서가 달라 작업 중에는 얼굴을 마주칠 기회가 없었다. 제기랄, 소화 호스 좀 찾아줘? 왜? 빌지펌프로는 침수되는 바닷물이 너무 많아 이송펌프를 더 설치해야 한대. 포트 선미 벽면 소화전 박스 안에 있잖아. 고마워. 구릉 또한 정신이 없어 보인다.

"빨리, 부이 띄워! 그리고 잠수기 준비하고."

선미갑판엔 벌써 선장이 기다리고 있다. 갑판장이 부이를 뱃전 밖으로 던진다. 부이는 해류에 의해 배와 멀어지기 시작한다.

"누가 들어갈 건데?"

"구릉입니다."

기관실에서는 구릉밖에 없답니다. 알았다. 욕조에 뜨거운 물 받아 놓고. 슈트와 납은 준비했지? 잠수다. 기관실에선 수압으로 인해 방수가 불가능하므로 수압을 차단하기 위한 방편이다. 선외 측 그랜드 패킹을 방수 재질로 감싸면 수압에 의해 선외 측에서 침수가 차단되므로 그때 기관실에서 그랜드 패킹을 열고 그리스 패킹을 교환하면 된다고 한다. 이어서 투망을 잘못해서 그물이 스크루에 감기거나, 떠다니는 로프가 스크루를 감았을 땐 갑판부원이 잠수를 하지만 기관실 일로 잠수할 일이 생기면 기관부원이 잠수를 하게 된다고, 배의 관습이라고 반합이 알려준다.

그사이 부이는 배와 30미터 가량 멀어진다. 세이프 라인은? 치고 있습니다. 스타보드 현에서 포트 현으로 세이프 라인을 잡아당기며 갑판장이 소리친다. 세이프 라인은 사람이 잠수를 했을 때 해류에 쓸려가지 말라고 배 밑바닥으로 치는 줄이다. 사다리 내려놓고 라이프 링 띄워 놔! 그때 안개를 뚫고 집어등을 환히 밝힌 배가 접근해 온다. 선단 조업선 606해창호다. 심각해? 선장은 그저 손만 치켜든다. 옆에서 표박하고 있으니 상황을 알려달라며 부이 끝에 잠수기 펌프를 매달아 넘겨준다. 서둘러! 배 가라앉겠다. 일분일초가 아쉬운 선장이다. 펌프를 고정하고 에어 호스를 연결했다. 호스 반대편 끝에 수경을 연결한 다음 갑판장이 펌프를 저어본다. 됐군. 시작하자. 선장이 얼굴에 수경을 씌우려고 하자 구룡은 고개를 돌리며 확인했다.

"다이빙 한 번에 300달러입니까?"

"걱정하지 말고 그랜드 패킹에 비닐이나 밀봉 잘해."

"선장님, 밀봉하러 들어가고 밀봉한 것 철거하러 들어가니. 다이빙 두 번에 600달러요?"

구릉이 재차 묻는다. 이 자식! 수경이나 써. 초조한 마음은 아랑곳없이 돈타령을 하는 그가 선장은 한심한가 보다. 하지만 600달러인 것이다. 구릉이 잠수하겠다고 자청한 건 배의 침수를 막겠다는 사명감보다 잠수에 걸린 돈이다. 그 돈이면 치앙마이에선 6개월을 생활할 수 있는 거액이었다.

구릉이 수경을 쓰자마자 아첸과 반합은 일정하게 펌프를 젓기 시작한다. 선장이 수경에 손가락을 동그랗게 오므린다. 오케이 사인이다. 구릉은 고개를 끄덕인다. 1항사가 허리에 납 벨트를 두르고 에어 호스와 수신호용 줄을 함께 묶는다. 선장이 구릉의 등을 두 번 두드린다. 들어가란 신호다. 선외로 설치된 사다리를 내려가기 전 구릉은 갔다 오마, 라는 듯 씩 웃는다. 나는 그의 등을 바라보며 조심해, 라고 말한다. 구릉이 바다 속으로 들어가고 20분이 지나자 침수되는 바닷물의 수압이 현저하게 줄어들었다. 그랜드 패킹을 오픈 하겠다는 기관장 보고로 선장의 표정이 비로소 안도감으로 바뀌었다.

"올라오라고 해!"

바다 속으로 뻗친 에어 호스를 잡고 있던 나였다. 그런데 뭔가 불안했다. 언제부터인지 기포가 보이지 않았다. 잠수기를 통해 숨을 쉬게 되면 공기 방울이 해면으로 뽀글뽀글 올라오는데 그 공기 방울이 보이지 않았다. 당황한 1항사가 수신호용 줄을 흔들어보지만 응답이 없다. 선장의 표정이 심상치 않다. 나는 가슴이 철렁한다. 당겨! 당겨! 선장의 고함 소리는 불길함을 전염시키듯 선미갑판을 흔든다. 온몸으로 젖어드는 안개의 한기에 몸이 뜻대로 움직이질 않는다. 선장이 나를 밀쳐낸다.

수신호용 줄에 이끌린 구룽이 물 밖으로 모습을 드러냈다. 얼굴을 수면 아래로 처박고 있다. 펌프를 젖던 아첸과 반합이 동시에 바다로 뛰어들었다.

5

선미갑판으로 끌려 오른 구룽은 의식 불명으로 미동조차 없다. 구룽! 하고 불러 보았으나 반응이 없다. 코에 손을 댔다. 호흡이 느껴지지 않는다. 떨리는 손길을 수습해서 목의 동맥으로 옮긴다. 심박이 잡히지 않는다. 나는 초조와 슬픔으로 의식이 끊길 것만 같다. 입안이 바싹 타들어 간다. 나는 주변을 둘러본다. 그사이 안개는 더욱 더 짙어진다.

"하나, 둘…, 압박."

선장의 마우스 투 마우스에 맞추어 심폐소생술을 시행한 지도 30분이 지났다. 사망입니다. 1항사가 환자의 임종을 선고하는 의사처럼 말한다. 틀렸군. 낯빛이 창백해진 선장이 구릉의 부릅뜬 눈을 쓸어내린다. 도대체 바다속에서 무슨 일이 벌어졌단 말인가? 머릿속이 복잡해지고 속이 메슥거린다. 나는 핸드레일을 잡고 음식물을 토한다. 위장이 뒤집히는 고통으로 눈물이 흘렀다.

이거였나? 이렇게 되려고 그 오랜 시간 동안 멀리, 더 멀리 탈출을 꿈꾸었나? 구릉의 차디찬 손을 잡고 나는 오열한다. 자식아, 장난이야! 잠깐 장난쳤어! 나는 환상에 빠지지만 구릉의 파리한 입술은 묵묵부답이다.

"운명이다."

선장이 말하듯 나를 위로를 하지만, 뭐 이런 지랄 같은 운명이 있는가? 구릉에겐 선천적 질환이 있긴 했다. 호흡 곤란이다. 구릉 부친이 심장마비로 돌아가셨으니 가족력이 유전된 건지 알 수 없다. 가끔씩 열 받는 일이 생기면 호흡 곤란을 호소하던 모습이 떠올랐다. 젊은 놈이! 해발 3,000미터에 살다 2,000미터로 내려오니 혈압부터 올라가는 거야! 구릉은 우스갯소리로 그렇게 말하곤 했다. 구릉이 매사에 짜증을 부렸던 건 그의 짧은 운명을 본능적으로 직감하고 있었던 건 아닐까. 구릉이 잠수를 한다고 했을 때 그의 지병을 알고 있는 나는 불안했다. 하지만 600달러란 돈이 문제였다. 때늦은 자책이 들었지만 나는 만류할 수 없었다. 불안감은 현실로 나타났다.

"입관하자."

1항사의 선고가 있고 나서 관을 만들라는 지시가 내려진다. 갑판장과 선원들이 판자를 대패로 밀고, 사포질하며 널을 만들고 있을 때 나는 1항사와 함께 구릉을 염한다. 그의 몸을 닦는다. 그가 지녔던 고통과 고뇌가 한 줌도 남지 않도록 정성 들여 그의 몸을 닦고 또 닦았다. 입관하기 전 안온한 얼굴의 구릉을 오랫동안 바라본다. 카트만두 공항 로비에서 멀리, 더 멀리 탈출하는 거야! 호탕하게 웃던 그의 웃음이 떠오른다. 염하는 내내 멀미가 치솟았지만 나는 그때마다 침을 삼킨다.

"텔파! 못질해라!"

마지막 절차를 선장은 나에게 맡긴다. 발길이 떨어지지 않는다. 관 앞으로 나아갈 수 없다. 선장이 망치를 넘겨준다. 만감이 교차하며 심장이 터질 듯 고동친다. 뭔가 말을 해야 될 것 같은데 생각이 모아지지 않는다. 나는 눈물 때문에 관 뚜껑에 못 칠 자리를 분별할 수 없다. 바보 같은 놈. 600달러에 죽음과 손잡다니. 쾅쾅, 나는 거칠게 못대가리를 두드린다.

입관한 구릉을 어창에 안치한다.

세상은 그의 죽음을 경계에 핀 꽃이라 미화할 것이다. 기관실 침수로 침몰될 급박한 순간 살신성인 정신으로 바다로 뛰어들어

배를 구하고 자신은 목숨을 버렸다고⋯ 대의는 늘 개인사보다 앞선다.

매일 아침마다 구릉의 관이 안치된 어창의 1번 해치코밍 위에 향을 피운다. 바다 속으로 잠수한 구릉이 심장에 통증이 왔을 때, 왜, 나에게 아무런 신호를 하지 않은 걸까? 잠수 중간 내가 줄을 당겨보았으면 어떠했을까? 도대체 어디서부터 잘못된 것일까? 이제는 어떤 것도 그에게 물어볼 수 없다. 회한은 시간의 힘으로 그 몸뚱이를 불린다.

구릉의 희생으로 배는 정상 컨디션으로 돌아왔다.

다음 날부터 어김없이 배는 태양이 황도를 따라 돌 듯 어탐에 나선다. 다만 구릉이 사망한 것으로 추정되는 시간이면 잠시 정지하고 모두들 침묵의 시간을 가질 뿐이었다. 장대 같은 비를 맞으며 선수에서 물고기 행적을 찾고 있는 나를 선장이 불렀다.

구릉을 운반선으로 보낸다고 했다. 한국에서 화장해 유골만 보내는 걸로 유가족이 합의를 마쳤다고 한다. 선회창에 한참 동안 시선을 주던 선장이 내게 동의를 구한다. 죽은 사람은 죽은 사람이고 너는 이곳에서 남은 계약을 마쳐야 안 되겠냐? 그 순간 왜 어머니 병원비와 풀바의 메마른 입술이 떠올랐을까! 마쳐야지요. 그래야만 어기종료 수당으로 한 달 급료 곱하기 130%를 더 받을 수 있지요. 나는 당연한 걸 물어본다는 듯 대꾸를 한다. 선장 얼굴에는 알 듯 모를 듯한 표정이 번진다.

구룽을 한국으로 보낼 운반선과 상봉하는 날이다.

운반선과 접선 후 어창에 안치되어 있는 구룽의 관을 1번 어창 해치코밍 위로 옮긴다. 배를 떠나보내기 전 제를 지내기 위해서다. 초혼을 하는 선장 눈자위가 떨린다. 미안하다. 다 내 잘못이다, 라며 기관장은 기어코 울음을 터트렸다. 베트남 선원들은 베트남 불교의 식에 따라 삼배를 하고 인도네시아 선원들은 코란을 읽는다. 마지막으로 필리핀 선원들이 성호를 긋고 주기도문을 낭송했다.

"예를 다 마쳤으면 손님을 넘겨주십시오."

운반선 선장이 직접 갑판으로 내려와 구룽의 인계를 지휘한다. 손님을 편안하게 한국까지 모셔가겠습니다. 누구에게라고 할 것 없이 우리에게 머리를 조아린다. 배라고 해서 병들지 말라는 법이 있겠는가! 배라고 해서 죽지 말라는 법이 있겠는가! 시신 운반은 운반선에선 가끔 있는 일이라고 한다. 그리고 관을 관이라 부르지 않고 손님이라고 부른다 한다. 구룽의 인계를 마친 운반선 선장이 브리지로 돌아가며 다시 한 번 머리를 조아린다. 모두들 몸조심하십시오. 곧 이선하겠습니다.

"올 라인 렛 고!"

구룽의 주검을 실은 운반선이 가뭇없이 멀어졌다. 바다로 가겠다고 선언하던 날, 쓸쓸히 헤어지던 풀바의 등처럼 천천히 작아져 작은 점이 된다.

"구룽! 너 없이 이곳을 어떻게 탈출할까?"

나는 나도 모르는 사이 부르짖는다. 치앙마이를 벗어나면서… 카트만두를 벗어나면서 나를 설득한 구룽은 떠나자! 라고 말하지 않는다. 나 역시 떠나면? 이라고 묻지 않는다. 멀리, 더 멀리 벗어날 곳이 없다는 걸까. 서럽다. 그러나 눈물은 더 이상 흐르지 않는다.

죽음은 번개처럼 왔다가 모든 걸 지우고 자취 없이 사라진다. 죽음 또한 삶의 한 부분이고 삶의 탈출이다. 삶은 수천만 가지 인연을 가지고 우리 주위를 어슬렁거린다. 그러다 우리의 뒷덜미를 잡아챈다. 삶은 그 인연에 이끌려 풀리기도 하고 끊어지기도 한다. 시간이 지나자 나는 그의 유품을 정리했다. 신발과 시계 속옷 등등 그리고 사진 한 장. 사진 속의 구룽은 눈이 머문 곳이라는 히말라야를 배경으로 서 있다. 시선은 무심한 듯 먼 곳, 산맥들을 바라보고 있다. 구룽 뒤의 만년설을 배경으로 천일홍 붉은 꽃잎이 유난히 눈을 찌른다.

387대원호 항해보고서

운반선 세븐 퍼시픽은 방파제를 벗어나자 어장을 향하여 전속으로 정침했다. 스크루에 부서진 파도가 선미를 쫓아왔다. 출항기를 펄럭이던 바람이 뱃머리를 앞섰다. 노을로 붉게 물든 뱃머리에는 남태평양에서부터 다가온 열대성 저기압으로 적운만 가득했다. 출항일이 늦어진 탓에 적운의 검은 윤곽이 뚜렷했다. 민주는 수평선을 향해 눈길을 던졌다. 수평선은 세찬 빗줄기라도 한차례 퍼부을 기세였다.

반겨줄 가족이 없는 육지는 바다보다 더 적적하고 쓸쓸했다. 취기로 텅 빈 가슴을 메워야 했다. 민주는 매일매일 소주병을 품고서야 잠에 빠져 들었다. 그러던 차에 동수주식회사 부장으로부터 부름이 있었다.

"두 달 지난 출항선인데?"

"책임지셔야 됩니다."

부장은 큰 인심을 쓰듯 여기를 마치면 책임자로 만들어 주겠다고 했다. 민주는 책임자란 말에 혹했다. 바다에서 살아야 한다는 건 죽음을 담보로 했다. 그러나 자신이 기댈 곳은 바다, 그곳밖에 없었다. 이젠 나이도 쉰이다. 급하고 바쁜 마음이 들 때였다. 텅 비어있는 가슴은 뭔가에 기대어야만 했다. 물의 감옥, 민주는 스스로 물의 감옥에 갇히기로 마음을 굳혔다.

무슨 이유에서인지 어머니는 늘 슬픔에 젖어 있었다. 예쁘게 화장한 어머니가 돈을 벌어오겠다며 대문을 나섰고 민주는 할아버지의 손에 이끌려 외갓집에 맡겨진다고 했는데 알고 보니 보육원이었다. 그것으로 가족을 잃었고 그게 끝이었다. 민주는 버려졌다. 민주는 그렇게 생각했다. 하지만 이름만은 잊지 않았다. 김민주란 이름을… 민주가 어렸던 당시에는 흔치 않았던 이름이다. 미루어 짐작하면 뼈대 있는 집안의 자손이었으나 첩의 자식이었던 것 같았다. 민주는 그렇게 단정했다. 어린 기억이었지만 생활은 풍족했다. 아버지의 얼굴은 떠오르지 않았다. 할아버지 할머니와 함께 지냈는데 집에서 마름을 부렸던 기억도 있었다. 민주가 알아본 것에 의하면 당시 부산에는 탁아원이 세 곳 있었다. 중앙동 파출소 옆, 부산 우체국 근방, 그리고 부산역 주변이다. 그중 민주는 중앙동 파출소 옆에 있던 탁아소에 맡겨졌던 것이다.

당시의 상황이 어렴풋하게 떠올랐다. 탁아소에는 고만고만한 아이들이 여럿이 있었는데 민주는 그곳에서 이틀을 머물렀다. 이틀째 되는 날 밤, 꿈에 어머니가 나타나서 동생을 지키라 했다. 민주는 그 길로 탁아소의 담을 넘었다.

민주는 밤이 깊어져 가는 길거리를 막무가내로 헤매다 충무동에서 남항동으로 도선을 타고 넘어갔고 늙수그레한 행인의 손에 이끌려 남항동 파출소로 들어갔다. 그곳에서 송도 축복사 보육원으로 옮겨져 초등학교 1학년까지 지냈다. 그 후 축복사 보육원이 문을 닫자 당감동 성지 보육원과 최매실 보육원으로 옮겼다. 그렇게 중학교를 졸업했다. 때맞추어 영도에 있던 대한조선공사에서 6개월 프로그램의 직업 교육 연수생을 모집했다. 보육원에서 나와야 했다. 민주는 용접 특기로 응시했고 합격했다. 그러면서 자유를 찾아서 자립했다.

보육원 생활은 끔찍했다. 행동의 자유를 빼앗긴 것은 물론이고 항상 죄수처럼 지내지 않으면 안 되었다. 원장이라는 사람은 악마였다. 생활용품은 배급으로만 지급되었다. 구타와 폭행은 일과처럼 늘 따라다녔다. 내일을 예측할 수 없는 불안한 생활이었다. 어제까지 함께하던 동무가 잠에서 깨면 연기처럼 사라지고 없었다. 언제 사라졌는지 알 수 없었다. 다음은 누구 차례일까, 두려운 생각만이 머리를 꽉 채웠다.

민주가 직업 연수생 교육을 수료하자 대한조선공사에서는 그를 특채로 채용했다. 마침내 지긋지긋하고 끔찍했던 보육원 생활에 마침표를 찍을 수 있었다.

민주에게 대한조선공사는 일정한 보수 이외에도 산업체 특례로 경남공고 야간으로 등록시켜주기까지 했다. 말단의 용접공이었지만 마음은 세상을 다 가진 것처럼 행복했다. 생활이 안정이 되면 잃어버린 여동생을 찾아야겠다는 꿈마저 꾸었다. 그러나 좋은 일에는 안 좋은 일도 따르는 법이었다. 민주가 손을 뻗어 꿈을 움켜쥐려는 순간, 민주의 손이 닿을락 말락한 거리에서 꿈은 용접반 직장과의 갈등으로 깨어졌다.

세상은 불공평했다. 하지만 민주는 젊었다. 도처에 널린 것이 일자리인데 일할 곳이 없겠냐는 마음도 사실이었다. 알고 보면 일종의 오기요, 현실을 모르는 만용이었다. 민주는 직장을 떠나기로 했다. 민주가 퇴사를 하자 당연히 학교도 자퇴로 처리되었다. 배움에 대한 아쉬움이 컸지만 억울할 것도 없었다. 민주가 선택한 일이었다. 그러나 유신정국이 나라를 지배하던 시절이었다. 민주는 국영기업체인 대한조선공사에서 국비로 키워놓은 용접공이었다. 퇴사를 하자 당연히 블랙리스트에 올랐고 받아준다는 직장은 어디에도 없었다. 젊은 혈기로 직장과 맞서던 오기는 사라졌다. 현실의 거대한 벽 앞에서 떨고 있는 자신이 있었다.

민주는 현실에 대한 냉정을 되찾자 어깨의 힘이 쭉 빠지고 눈앞이 캄캄해졌다. 민주는 허름한 여인숙에 몸을 맡긴 채 이것저것 가리지 않고 일거리를 찾았다. 철가방 배달에서부터 식당 보조, 웨이터,

주점의 삐끼 등 그야말로 밑바닥을 섭렵했다. 어차피 민주는 갈 데가 없었다. 이제나 저제나 취직이 될까? 그렇게 거리를 헤매던 어느 날, 자갈치 육교 밑에서 선원을 구한다는 전단지를 보게 되었다. 그길로 민주는 선원 소개소를 찾았다. 민주는 연안 저인망에 승선했다. 바다와의 인연이 시작되었던 것이다.

바다는 민주에게 말할 수 없는 평안함을 주었다. 일은 고되고 힘들었지만 맡겨진 일만 처리하면 그다음은 자유였다. 개인적인 공간이 있을뿐더러 삼시세끼 밥까지 공짜로 주었다. 그렇게 파도 속으로 40년이 수렴되었다.

세븐 퍼시픽은 연령이 오래된 탓에 노후되었다. 선실은 환풍이 제대로 되지 않아 콤콤한 냄새가 코를 찔렀다. 코를 막아 쥔 민주가 가방을 풀자 어디서부터인가 바퀴벌레가 슬금슬금 다가왔.

민주의 이마에 주름이 굵어지며 울컥 짜증이 치밀어 올랐다. 혹시나 해서 준비한 진드기 약을 베개와 모포에 뿌렸다. 독한 약 기운에 속이 울렁거리며 머리까지 어질어질했다. 민주는 선미갑판으로 발걸음을 옮겼다.

뱃머리가 파도를 헤치는 소리가 희미하게 들려왔다. 민주는 담배에 불을 댕겼다.

가물거리는 감천항 씨부이를 뒤로 하고 세븐 퍼시픽이 속력을 올리고 있었다. 까닭에 선미 멀리 항적류가 뭉클뭉클 솟아나며 그가운데로 굵은 항적이 길게 뻗어나갔다. 마치 이번 항해에는 행운이 과녁을 관통하기라도 하듯이.

"다시 바다다."

민주는 담배 필터를 잘근잘근 씹으며 멀어져가는 두도를 보며 중얼거렸다.

함께 침실을 사용하는 선원이 부스럭거리는 것도 문제였지만 시도 때도 없이 달려드는 진드기와 빈대의 공격에 민주는 깊은 잠에 빠져들 수 없었다. 잠깐 눈을 붙였을까? 온몸이 근질거리는 가려움 때문에 눈이 떠졌다. 민주는 비몽사몽 잠결에 이불을 걷어차고 침실 수면등을 켰다. 민주의 눈에 베개 밑으로 사라지는 빈대가 보였다. 재빨리 베개를 뒤집자 방금 사라진 빈대와 피를 양껏 빨아 빨간 고무풍선처럼 부풀어 오른 진드기가 꼼지락거렸다. 민주는 진드기를 엄지손가락으로 짓눌러 버렸다. 그러자 툭 하는 소리와 함께 핏방울이 사방으로 튕겨졌다.

민주는 두루마리 화장지를 풀어 빈대를 싸잡았다. 그러고는 손가락에 힘을 주어 빈대를 짓눌렀다. 역겨운 비린내와 함께 화장지가 벌겋게 변했다. 고약한 놈이다. 사실 진드기는 문제가 되지 않았다. 그냥 남아도는 피를 선물했다고 생각하면 그만이지만 빈대는 그렇지 않았다. 빈대에게 한 번 물리면 가려워서 참을 수가 없었다. 생채기가 날 때까지 긁어야 했는데 생채기를 또다시 벅벅 긁다보면 결국엔 큰 흉터가 생겼다. 그리고 그 흉터를 또 긁어 딱지를 만들고 그렇게 가려움이 사라지려면 한 달 정도 지나야만 했다.

민주의 잠은 이미 멀리 달아나버렸다. 에어컨이 없는 탓에 등줄기로 흘러내린 땀으로 온몸이 끈적거렸다. 더 이상의 잠은 찾아오지 않았다. 내친김에 민주는 구석에 처박아 둔 가방을 뒤적여 봉지커피를 찾아냈다. 이미 중간 귀국으로 운반선 편승의 경험을 맛본 터라 기호품은 넉넉하게 준비했다. 자고로 편승선원을 대하는 운반선 선원의 태도가 차가웠기 때문에 편승 도중에는 커피는 고사하고 물도 마음껏 마실 수가 없었다.

민주는 준비한 종이컵에 믹스 커피 두 봉지를 털어 넣었다. 한 봉지는 왠지 간이 맞지 않았다. 민주는 뜨거운 물을 받기 위해 냉온수기가 있는 선원식당으로 향했다. 쿵쿵거리며 돌아가는 주엔진 소음이 규칙적으로 들려왔다. 선원들이 곤히 잠에 빠져든 시간이라 선원식당에는 고요만이 감돌았다. 민주는 냉온수기에서 뜨거운 물을 받아 커피 봉지로 종이컵 안을 휘휘 저었다.

민주는 종이컵을 앞에 두고 깊은 생각에 잠겼다.

그때 왜 그랬을까? 왜 좀 더 인내하지 못했을까? 지나간 일이지만 생각을 거듭할수록 아쉬운 장면이었다.

선택이 문제였다. 모든 일에는 시작이 있고 선택은 시작의 작동버

틈이었다. 그리고 잘못된 선택은 지금껏 살아온 민주의 삶에 뿌리를 내리고 있었다. 그래서 살아온 환경이 중요한 것이다.

"하기 싫으면 올라가!"라고 387대원호 기관장이 말했을 때 참아야만 했었다.

387대원호는 19개월을 떠 있다가 귀항하는 중서부태평양 다랑어연승어선이었다. 다랑어연승어선은 참치를 잡는 배이고 연승은 주낙을 말했다. 그리고 주낙은 모릿줄이라 부르는 긴 낚싯줄에 여러 개의 낚시를 일정한 간격으로 매달아 어획하는 방법을 지칭했다. 곧 민주가 승선할 954동수호도 다랑어연승선이었다.

대한민국 원양어업은 1957년 6월 29일 인도양 시험조업차 출항한 지남호가 시작이다. 이 배가 다랑어연승선이었는데 이후 대한민국의 어선원들은 어법을 달리한 어선에서 황금어장을 찾아 오대양을 누비며 외화를 획득하고 있었다. 스페인, 아메리칸 사모아, 수리남, 피지, 타이티, 앙골라, 세네갈, 이란, 캐나다, 인도, 인도네시아, 뉴기니, 마헤, 몬테, 아르헨티나 등등에서 물고기를 찾아 고군분투했다.

지남호는 그해 8월 15일 인도양에 처음 시투했고 10월 4일 10톤의 다랑어를 싣고 귀항했다. 하지만 지남호가 출어할 때 조업을 지휘할 어로장을 일본에서 모셔 왔던 까닭에 원양어선에서 사용하는 어휘에는 일본어 표기가 후대로 전해져 내려오며 남아 있었다. 그건 어법을 달리한 다른 원양어선도 마찬가지였다. 지금도 흔히 통용되는 마구로라든가 메로 등이다.

참치는 고등엇과의 바닷물고기인 다랑어다. 하지만 다랑어류를 크게 나누면 참다랑어, 눈다랑어, 황다랑어, 날개다랑어, 가다랑어로 분류하고 이외에도 개이빨다랑어, 점다랑어, 백다랑어 등으로 종류가 많다. 다랑어라는 이름이 있는데도 참치라고 부르게 된 사연은 무엇일까? 민주가 원양어선이란 다랑어연승선에 첫발을 걸치면서 알아본 유래는 세 가지 설이 있었다.

첫 번째로는 첫 원양어선인 지남호가 다랑어를 잡아왔는데 국내에서는 보지 못하던 어종이라 뭐라고 부를지 고민에 빠졌다. 그래서 해양수산부 격인 해무청에서 회의를 했는데 '참 좋은 생선'이라는 뜻에서 참치로 부르기로 했다는 것이다. 하지만 1939년 7월 27일자 동아일보 6면에 청새치, 참치, 다랑어 신어획법이 발명되었다는 기사가 실린 것으로 보면 1975년 당시에 참치란 이름이 처음으로 지어진 것은 아니다.

두 번째로는 참치가 처음으로 소개되었을 때 참 좋다는 의미로 참 진(眞)을 한글로 바꾸면서 참치가 되었다는 것인데 참 진을 쓴 이유는 일본 표기인 마구로를 한자로 표기하면서부터라는 것이다.

세 번째로는 이승만 대통령이 어류학자 정문기 박사에게 이름을 물었는데 당황한 정문기 박사가 참… 참… 하다가 치자가 붙은 생선이 많았던 경우를 떠올리면서 참치가 되었다는 것이다. 그러나 정문기 박사는 자신의 저서에서 참치라는 명칭은 해방 후 해무청 어획담당관이 동해 연안에서 다랑어의 방언이 참치라는 것을 모르고 그대로 참치라고 기록하면서부터였다고 했다.

하여튼 민주가 승선했던 387대원호가 부산항을 출항할 때 인도양에서 조업 중인 다랑어 어선에서 외국 선원의 난동으로 한국인 선장과 기관장이 비참하게 살해된 선상 반란 사건이 발생했다. 387대원호의 한국 사람은 겨우 네 명이다. 나머지 스무 명이 모두 외국인 선원이었다. 뭉치지 않으면 안 된다는 위기의식이 무의식 속에 자리 잡고 있었다. 그러나 그렇게 굳건하던 단합을 일거에 무너뜨린 것은 조업을 시작하자마자 부서진 1호 발전기 터빈이었다.

바다 위를 떠도는 원양어선은 육지에서 만들어지는 전기를 공급받을 수 없었다. 그러기에 선내에서 사용할 전기를 자체적으로 생산하는 발전기를 싣고 다녔다. 그것도 위급 상황을 대비해서 두 대를 장착한다. 편의상 1호 발전기 그리고 2호 발전기라 부르며 1호기는 기관실 주엔진 우현에, 2호기는 기관실 주엔진 왼편에 설치했다. 물론 교대로 운전을 했다.

항해만 하면 발전기 한 대로 만들어내는 전기로 선내 사용 전력과 기관실을 운전하는 전력을 모두 충족하고도 모자람이 없었다. 그러나 어선의 항해란 출항해서 어장까지 갈 때와 어장에서 어장을 이동할 때 이외에는 모두 어로 작업인 것이다. 어로 작업이 시작되면 평상시 걸리던 부하보다 곱절이나 무리가 가는 버거운 전력을 생산해야 했다. 발전기의 능력을 넘어섰다. 다시 말해 오버로드가 걸리는 거였다. 이렇게 피로한 운전이 발전기 고장으로 발현하고 배를 항행불능으로 표류하게 하였다. 그리고 마침내 387대원호는 표류했다.

부산항을 출항한 387대원호는 중서부태평양을 향하여 남하를 계속했다. 이틀이 지나자 일본 열도 끝 이오시마를 어빔(수직항해)했다. 남태평양 수온이 점점 상승하며 대기의 기온도 올라갔지만 남동풍이 불어와 달아오른 갑판의 열기를 식혀주었다. 남하할수록 바닷물은 푸른빛을 더하여 갔으며 전속으로 달리는 뱃머리에서 놀란 제비날치가 수면을 박차고 날았다. 그 순간 어디선가 먹이 활동에 열중하던 브라운부비가 쏜살같이 날아와 제비날치를 채갔다. 비정하도록 매몰찬 풍경이었지만 생존을 위한 자연의 법칙이다. 민주도 이제는 그 자연의 일부가 된 것이다.

387대원호는 남하 도중 북위 10도 동경 155도 부근에서 막 생겨난 새끼 태풍과 조우했지만 삼 일을 히브 투 하자 세력권에서 멀어졌다. 그로부터 시투할 때까지의 항해는 그야말로 안항이었다.

갑판원들은 계약 기간 동안 사용할 어구 제작으로 부산을 떨었으며 수온의 상승으로 예비 운전을 하던 냉동기의 고압이 오르기 시작했지만 별것 아니었다. 기계적 결함이 아니라 지극히 자연적인 현상이었다. 민주가 리드밸브의 콕크 파킹을 오픈해 브런치가스를 제거하고 유입대기 공기를 적절하게 조절하자 고압은 안정이 되었다. 그보다 냉동기 고압이 상승하면서부터 운전하고 있는 1호 발전기 연소 소음이 꺼림칙했다. 딱히 이거다 하고 집히는 증상이 없었지만 그 소리는 마치 암내를 잔뜩 품은 암고양이가 어둠 속에 숨어서 접근하는 수고양이를 경계하며 조용하게 갸르릉거리는 소리와도 같았다. 몇 번이나 귀를 후비고 들어도 거슬렸다. 민주는 증상 없는 이상을 기관일지에 기록을 할까 말까 한동안 망설였다. 그건 기관실의 모든 것을 책임지고 있는 기관장의 특별한 코멘트가 없었기 때문인데 괜히 1기사인 자신이 나서서 문제를 제기할 필요가 없었다.

"1호기 터빈 소리를 잘 들어봐."

"예."

다만 2기사 업무를 맡고 있는 인도네시아 선원인 무자딘에게 관심을 가지라고 지시를 했다. 무자딘은 알겠다고 했지만 민주의 지시를 이해하는지는 알 수 없었다. 외국인 선원들은 대답이야 시원하게 잘하지만 돌아서면 잊어버렸다. 그러고는 모른다고 했다. 무자딘도 책임감이 없는 외국인 선원이었다. 당직 시간 동안 컨트롤 룸에서 졸기만 하는 무자딘이 1호 발전기를 지켜볼지는 안 봐도 뻔했다.

387대원호는 부산항을 출항하여 열여덟째 되는 날, 시투했다. 네덜란드제도 배타적경제수역에서 200해리 떨어진 북위 04도 47분, 동경 177도 46분 수역이다. 하늘이 잔뜩 찌푸려 있지만 선장의 렛고(투승) 지시로 시투가 시작되었다. 첫 조업이라 선원들이 우왕좌왕하는 사이 모릿줄이 풀려나갔다. 하지만 곧 미끼 투척기가 멈추었다. 그동안 한국에서의 조일(휴지기)로 릴레이가 고착되어 있었는데 억지로 사용하다보니 그만 타버렸다. 민주가 컨트롤 박스의 나사를 풀고 릴레이를 교환하는 동안 갑판장은 미끼가 끼워진 낚시를 손으로 투척했다.

"그동안 뭐 한 거야."

잔뜩 부어오른 갑판장이었다. 땀을 뻘뻘 흘리고 있는 민주의 뒤통수에다 연거푸 불만을 토했다. 갑판장은 민주보다 두 살 위였고 부산의 형제원 출신이다. 그래서 보육원 출신인 민주와 같은 아픔의 상처를 지니고 있었다. 갑판장이 형뻘이었지만 세상의 밑바닥을 굴러온 민주에게 나이는 문제가 되지 않았다. 그냥 친구 먹기로 했다. 그래서 친구가 되었다. 그렇지만 민주의 기분이 그리 좋은 상황이 아니었다. 청수를 만들어 내는 조수기의 잦은 고장으로 예민해진 민주였다. 화가 치밀어 올랐다.

"끙."

민주가 아가리 닥치라고 신호를 보냈다. 그러나 아릿줄을 일일이 손으로 투척해야 하는 갑판장의 불만은 계속해서 이어졌다.

"시팔."

민주는 자신의 불같은 성격대로 살아오며 큰 대가를 치렀다. 웬만하면 성질을 죽이려 노력했다. 그러나 그만하라고 경고를 보냈는데도 갑판장이 쌍욕까지 터트리자 눈에서 퍼런 불꽃이 튀었다.

"야, 좆같은 놈아 그만하라고 했잖아. 내가 그동안 놀았냐? 그동안 뭐 했냐고, 네 눈깔로 안 봤냐! 뭐 했는지. 네 눈깔은 뱀이 파먹었어!"

선박 직급으로 따지면 민주는 엄연히 상관이다. 면허장을 가지고 승선하고 있는 해기사였다. 선박사관이었다. 아무리 형뻘이고 친구 먹기로 했지만 분위기라는 것이 있다. 밑바닥을 굴러다니며 살아온 민주의 삶이었다. 누구든지 자신의 밥그릇을 노리면 이유 여하를 떠나 응징했다. 그게 자신을 지키는 유일한 방법이고 자존심이었다.

"좆같은 새끼가, 야 시팔놈아 죽고 잡느냐?"

그러지 않아도 한번 손을 봐야겠다고 벼르던 갑판장이다. 그동안 갑판장이 보여준 행태를 보면 가만히 있으면 죽은 좆인지 알고 더욱 더 날뛸 놈이었다.

며칠 전에도 조수기가 잘못되어 청수탱크 물이 바닥에서 찰랑거렸다. 민주가 당분간 샤워는 청수를 사용하지 못하도록 금지했는데 샤워장 출입문에 못을 박겠다며 펄펄 뛰었다. 그러면서 실력 운운하며 기관실을 싸잡아 비난했다.

조수기가 탈이 나겠소! 예고하며 고장이 났는가? 그렇다고 고장 난 조수기를 팽개쳐 놓고 나 몰라라 하였는가? 상대방 입장은 전혀 고려하지 않은 채 자신의 이익만 챙기려는 에고, 자신은 맞고 상대방은 틀렸다는 이기주의자였던 것이다.

"그러면 시팔놈아, 네가 점검했으면 안 되었겠냐."

민주의 고압적인 응징에 갑판장의 목소리는 쏙 들어갔다. 하지만 그 일로 해서 387대원호 갑판장과의 관계는 금이 갔다. 출항 전 함께 해운대 암소갈비집에서 빤스노래방 도우미를 불러 갈비를 뜯던 뜨거운 단합이 무너져버린 것이다.

"에어콤프레셔 스위치는 누가 끄는 거야?"

배를 안벽에 붙이고도 한참 지나서야 기관실에 나타난 기관장은 민주 뒤통수에다 고함을 질러댔다.

출어를 대비한 시운전이었다. 시운전 점검 결과로 19개월을 바다에서 버텨내야만 했다. 각 부서의 작은 이상이라도 허투루 볼 수 없는 시간이었다. 그런데도 기관실의 최고 책임자, 기관장이란 작자는 공장 사람들과 갑판에서 희희닥거리다 이제서야 나타난 것이다.

"당신이 그랬소?"

기관장이 민주에게 대놓고 물었지만 물음에 대답할 가치가 없었다. 그것보다 민주는 기관실을 정리하고 정숙을 만나러 가야만 했다. 시간이 없었다. 이제 사흘 후면 출항이다. 그러면 햇수로 거의 삼 년은 육지에 발을 디딜 수 없다. 물론 전파계기가 발달해서 위성전화라든가 위성와이파이를 장착한 유조선을 만나면 영상 통화까지 가능했으나 출항은 언제나 돌아올 수 없는 위험을 품고 있었다. 비록 빤스노래방 도우미로 만난 사이였으나 알뜰살뜰 자신을 보살펴 주는 정숙을 사랑하고 있는 것도 같았다. 아니 사랑을 하고 싶었고 이번만큼은 사랑을 믿고 싶었다. 민주는 고민 끝에 월급 통장까지 정숙에게 맡겨버렸다. 계약 종료까지 월급이 쌓이면 오천만 원이 넘는 돈이다. 민주는 그것으로나마 자신의 마음을 보여주고 싶었다. 지금까지 살아오며 그렇게 여자가 가져간 돈의 액수도 만만치 않았다. 하지만 정숙에게만은 아까울 것 없다는 마음이 있었다. 홀로 세상을 헤쳐 나온 민주에게 돈은 중요하지 않았다. 중요한 것은 자신의 진심과 정숙의 마음이었다. 출항으로 받은 전도금을 뚝 잘라서 최신형 핸드폰이라도 사주고 싶었다. 민주는 약속 장소도 전화기 대리점이 몰려 있는 남포동으로 잡았다.

"어이, 기관사. 지시 없이 기계를 함부로 만지지 말라고 안 했나? 나이 적다고 무시를 하는 거야 뭐야? 기관장이 물으면 이렇다 저렇다 보고를 해야 할 것 아냐?"

기관장은 단정하듯 대뜸 민주를 추궁했다.

"보고는 뭔 보고! 지랄하고 자빠졌네."

라고 민주가 혼자 중얼거리는 소리를 들었던지 기관장은 기관실 벽에 걸려 있던 스패너를 기관실 바닥 패널에다 팽개치며 방방 뛰었다. 민주는 더 이상은 안 되겠다는 생각이 들었다.

"아무리 첫 기관장이고 똥배만 탔다고 하지만 이 배는 자동 콤프레셔여서 엔진을 죽이면 자동으로 셧다운되는 걸 알고 그렇게 말합니까? 기계에는 지시대로 손대지 않았습니다. 기계가 스스로 죽은 거요."

민주는 기계가 스스로 죽었다는 발음을 한 음씩 뚝뚝 끊어 강조했다.

턱 하니 뒷짐을 진 채 게거품을 물던 기관장 표정이 민주의 대응에 똥이라도 밟은 표정으로 변해갔다. 민주의 자동이라는 말에 기관장은 아차 했을 것이다. 그러나 이미 버스는 떠난 거였다.

"야, 기관장님. 시팔놈아, 네가 언제적부터 기관장인데 말끝마다 욕지거리야. 줄 잘 타서 기관장이 된 주제에, 뭐, 제대로 알고 씨부려야지. 자동이야. 자동. 오토매틱. 좆도 모르는 새끼야. 그리고 시팔놈아, 손 풀어. 힘 있는 놈에게 잘 비빈다는 그 손, 도끼로 쪼아 버리기 전에."

그날 밤 민주가 정숙과 쇼핑을 끝내고 숙소로 돌아가려 할 때 기관장으로부터 전화가 왔다.

"형님, 화 푸십시오. 사과드립니다. 그건 그렇고 제가 술 한 잔 사겠습니다. 형수님과 함께 오십시오. 어차피 바다로 나가야 하고 또 인도양 선상 반란 사건도 있고 하니 우리끼리 단합해야 안 되겠습니까?"

"그래, 낮엔 기관장에게 심했는지도 모르겠다. 좌우지간 사람에 대한 예나 지키며 살자."

민주는 술에 취해 정숙과 어떻게 헤어지고 어떻게 숙소로 돌아왔는지 기억이 없다. 기관장에게는 좋게 말했지만 그게 단죄하지 못하는 기관장의 얍삽함인지, 아니면 현실과 타협해야 하는 자신의 비루함 때문인지, 커다란 슬픔이 가슴을 조각조각 헤쳐 놓았기 때문이다. 기관장과의 관계는 처음부터 그렇게 껄끄러웠다. 그런데 조수기가 탈이 나고 발전기에서마저 이상 징후가 느껴졌다. 기관실을 최악의 상황으로 몰고 갈 것이 뻔했다. 이래저래 날카롭던 민주였다. 앞으로 기관장과 부딪칠 일을 생각하며 갑판장에게만 짜증을 부릴 대로 부려 놓았다.

민주는 선미 핸드레일에 기대어 다시 담배에 불을 댕겼다. 세븐 퍼시픽은 954동수호가 조업하고 있는 어장을 향하여 전속으로 항진 중이다. 규칙적으로 내는 쿵쿵거리는 주엔진 소리가 들려왔다. 민주가 귀를 기울이자 선저의 거대한 스크루에서 뱉어내는 항적류 솟아오르는 소리도 들려왔다. 민주는 시선을 돌려 하늘을 봤다. 망망대해. 달빛이 없어서일까? 구름 한 점 없는 하늘에는 별빛이 초롱초롱했다. 그래서 차가워 보이는 하늘이다. 문득 정숙의 얼굴이 떠올랐다.

기관장이 빠른 걸음으로 기관실을 향해 사라졌다. 곧이어 우르릉거리는 소리와 함께 기계 부서지는 소리가 선체를 울렸다. 순간적으로 배가 공중으로 일 미터 정도 뛰어오른 것도 같았다. 그러고는 암전 상황으로 변했다.

"뭐꼬?"

우르릉거리는 소리에 놀란 선장이 슬리퍼도 신지 않은 맨발로 브리지 계단을 쿵쿵거리며 내려왔다.

"모르겠습니다."

"기관실로 가 봐."

선장의 목소리는 온통 짜증투성이다. 그도 그랬다. 어황이 좋지 않아 적수를 하던 차였다. 이것저것으로 심기가 불편할 수밖에 없는 선장인데다가 오후에는 민주와 멱살 드잡이까지 했던 탓도 있었다.

출항을 하고부터 지금까지 기관실에 음료수를 한 병도 내려 보내 주지 않았다. 그건 잘못된 일이었다.

선박 내에서 음료수나 기호품은 주부식비에서 실었다. 그리고 주부식비는 선원 모두가 똑같았다. 그렇다면 똑같이 나누어 먹어야 하지만 주부식을 관리하고 있는 브리지에서는 그것을 권력으로 사용하고 있었다. 게다가 선장은 자신이 즐겨 마시는 두유까지 주부식비로 실었다.

민주가 생수를 가져오기 위해 브리지를 방문했을 때 갑판부 일을 돕는 1항사를 대신해서 선장이 브리지를 지키고 있었다.

"1항사에게 말해."

선장이 퉁명스럽게 대답하자 그만, 불끈하는 민주의 성질이 도졌다.

"어디 있는지 말해주면 제가 가져가지요."

"1항사에게 말하라니까."

선장의 목소리가 높아졌다. 그렇다고 멈출 민주가 아니었다. 작심하고 올라간 브리지였다.

"아니, 부식비는 똑같은데 생수는 선장만 마시는 겁니까? 나눠 마셔야지요. 그래야지 민주 사회 아닙니까?"

"뭐야? 인마. 그러면 네가 선장을 해."

"반말하지 마소."

"이 자식이 기관장 말대로 완전 골통인데. 야, 주접떨지 말고 내려가. 네 말대로 공평하게 물 줄 테니까, 아가리나 쩍 벌리고 있어."

선장이 악을 쓰며 거푸 민주의 가슴팍을 쳤다.

"이런 시발. 선장. 너, 말 다했나?"

그렇지 않아도 불황으로 고민에 빠져있던 선장이다. 고깃배에서 고기를 못 잡으면 선장의 스트레스가 이만저만이 아니다. 그걸 모르는 민주가 아니다. 민주에게는 이로울 것이 하나도 없지만 선장의 고압적인 태도에 쌍욕이 나왔다.

원양어선에서는 선장이 왕이었다. 왕이라 생각하던 선장들은 그만한 책임감과 선장의 명예를 중요하게 여겼다. 그러나 외국 선원들에게는 절절매면서, 자신의 이익만 챙기려는 선장은 왕이 아니다. 오히려 야바위꾼이나 다름없었다. 그런 자에게 충성심을 보일 수는 없었다. 왕인 체, 왕이 되려고 하는 선장에게 본때를 보여줘야 한다고 생각해 오던 민주였다.

민주의 쌍욕에 선장이 또다시 민주의 멱살을 잡았다. 민주가 선장과 난장을 치는 사이 통신장이 달려 나오고 갑판에 나가 있던 1항사도 달려왔다. 그런 지 불과 몇 시간이 지나지 않았다. 오고 가는 말이 고울 리가 없었다.

민주의 발걸음이 기관실로 향했다. 이건 무슨 짓인가? 그때까지도 2호 발전기를 돌리지 않은 채 기관실은 암전이었다. 그저 당황한 기관장의 고함 소리와 손전등의 희미한 빛줄기만이 비춰질 뿐이었다.

민주는 2호 발전기를 시동했다. 2호 발전기가 텅텅거리며 돌아가자 선내에 전기가 돌아왔다. 2호 발전기는 상태가 불안해서 기피하던 비상 발전기였다. 언제 멈출지 모르는 상태였다. 그러나 방법이 없었다. 부서질 땐 부서지더라도 일단은 선내에 전기를 공급해야 했다. 그래야만 주엔진에 윤활유나 냉각수를 공급하는 펌프를 돌릴 수가 있었다. 387대원 호는 주엔진이 아카사카였다. 주엔진에 엘오나 냉각수를 공급하는 장치들은 전기 작용에 의해서 공급이 되었다. 주엔진이 돌고 있는데 윤활유가 공급되지 않으면 주엔진이 박살 날 수도 있었다. 비상사태였다. 기관장이 지시를 하든 말든 민주의 판단이 필요했다.

출항하고부터 연락이 끊긴 정숙처럼 민주는 이런 날이 올 것이라고 예측했다. 그건 갸르릉거리던 암고양이 울음을 기관장이 듣지 못하던 때부터였다. 그 울음이 커져 통곡이 될 때쯤 터빈의 날개가 부러져 나가고, 텅텅거리는 터빈으로 발전기를 돌리다보니 엔진에 무리가 가고, 무리로 인해서 밸브가 파손되고, 맞지 않은 노즐로 발전기를 돌리다보니 발전기 피스톤과 크랭크가 박살나 손쓸 도리가 없었다.

그 후 배는 삼 일간 암전된 상태로 표류했다. 무엇보다 다행인 것은 해상의 상태가 나쁘지 않은 남태평양이었다. 387대원호는 선단조업선에 의해 피지의 슈바항으로 예인되고 그곳에서 하선했다. 민주는 피지의 슈바항에서 외출 한 번 못한 채 운반선에 편승되어 귀국했던 것이다.

수평선에 나타난 배가 세븐 퍼시픽을 향해 가까워졌다. 투승작업을 끝내고 민주를 태우러 오고 있는 954동수호였다. 세븐 퍼시픽은 이미 방카 체인지를 끝내고 타력으로 바다 위를 미끄러지고 있었다.

바다는 바람 한 점 불지 않았다. 뷰포트 계급 제로의 거울 같은 바다였다. 타력이 줄어들자 세븐 퍼시픽은 멈추어 섰다. 철썩거리며 파도를 헤치던 엔진 소리가 사라지자 사위가 죽은 듯이 고요해졌다.

"저 끝없이 펼쳐진 바다가 이번에는 나에게 무엇을 선택하게 할까."

민주는 어느새 곁으로 다가온 954동수호를 담담하게 바라보았다. 그러고는 중얼거렸다.

"저곳이 집이다. 나는 고향으로 돌아온 것이다."

벌써부터 세븐 퍼시픽 갑판에는 갑판장과 부원들이 소형 보트에 얀마엔진을 장착하고 있었다. 민주가 타고 954동수호로 건너갈 보트였다.

떠도는 섬

1

 열네 살이나 어린 아내가 딸아이를 버려둔 채 남자들과 어울렸다. 꿈은 현실처럼, 분노와 고통을 동반했다.
 정호는 가위에 눌려 허우적거리다 눈을 떴다. 온몸이 식은땀으로 흠뻑 젖었다. 당직 시간이라며 실습항해사가 마구 흔들어도 깨지 못했던 잠이었다.
 "제기랄."
 정호는 희끄무레한 수면등 아래에서 담배를 찾아냈다. 선내 규칙상 침실에선 금연이다. 혹시 담배를 문 채 잠들어버리면 화재로 번지기 때문이다. 까닭에 황 선장이 정한 법이었다. 아무려면 어떻던가. 자신은 이제 이 배의 선원이 아니다. 정확하게 말하면 항해사가 아니었다. 그렇다면 선장이 정한 법에 전적으로 따르지 않아도 되었다. 하선을 결심한 이상 황 선장의 법은 더 이상 자신을 통제할 수 없었다.
 건너편 침상에서 자고 있는 필리핀 선원의 코고는 소리가 천둥소리 같았다. 그럴 만도 했다. 열두 시간 노동 끝에 얻은 달콤한 잠이다. 열린 현창을 통해 미끼 썩는 냄새가 흘러들었다. 둔탁하게 양승기 돌아가는 소리도 들렸다. 곧이어 늘 그랬듯이 선장이 질러대는 고함 소리가 따라왔다. 정호는 담배에 불을 댕겼다. 정호는 연기를 힘껏 들이켰다가 토해냈다. 동그랗게 퍼져 나가는 담배 연기의 동심원이 묵연했다. 어쩌다 이 지경까지 오게 되었는가? 정호는 며칠 전으로 기억을 되돌렸다.
 그날따라 황 선장의 짜증이 이만저만 아니었다. 말투마다 신경질이 덕지덕지 묻어있었다. 어획이 부진한 탓이다. 게다가 어획이 꼴찌야! 분발해야 되겠어. 아니면 모가지야… 라는 선단조업선의 최 선장 충고에 큰 충격을 받았던 것이다. 사실 선장이라고 같은 선장은 아니었다. 선단조업선의 최 선장은 이빨고기 연승선을 통틀어 해마다 최고의 어획을 올렸다. 연승 어법이야 단순했다. 그러나 최 선장은 이십 년을 같은 어법에 매달렸다. 더구나 이빨고기 연승은 어장의 선택에서부터 어구의 구조, 또 미끼의 선택과 해류의 파악 등 나름대로 고도의 전략이 필요했다. 실습항해사를 이빨고기 연승으로부터 시작해서 선장이 된 최 선장은 41해구 어장의 빠꿈이였다. 그러나 황 선장은 트롤선에서 선장을 오랫동안 했었지만 이빨고기

저연승은 그야말로 초짜였다.

선장의 자부심은 남달랐다. 뱃사람에게 있어서 자부심이라는 건, 성정 또한 더럽다는 뜻과도 동일했다. 어획을 위해서라면 폭력적이 기도 했다. 이에 반감을 품은 외국 선원들이 배에 불을 질렀다. 한 번만이 아니라 트롤선에서 선장을 하는 동안 세 척의 배가 선원들이 지른 방화로 사라졌다. 승선하는 배마다 불바다가 되자 선주들은 선장을 기피했다. 아무리 유능하다고 해도 사주의 선택을 받지 못하는 선장은 선장이 아니다. 실업자로 몇 년을 버티던 선장은 이빨고기 저연승에 항해사로 승선을 했다. 물론 훈련 기간이 끝나면 배를 맡겨주겠다는 확답을 선주로부터 받았다. 그때 승선한 배가 신 선장이 승선한 배였다. 선장은 그 배에서 항해사로 여섯 달 동안 훈련을 받았다. 그러고 나서야 선장이 되었다. 따진다면 신 선장은 선장의 스승이다. 그러나 선장보다 나이는 십 년이나 어렸다. 선장은 그런 아픔을 속으로 삭일 인격이 아니었다. 선장의 스트레스가 향하는 곳은 선원들이었다. 그런데 정호가 선장보다 오 년이나 연상이었다. 본인이 받았던 고통의 크기를 기억한다면 자중하련만은 선장은 트롤선 선장의 흉포했던 때로 돌아가 있었다. 정호의 자존심 따윈 조그마한 것 하나라도 배려하질 않았다.

그날따라 양승 중 브런치 라인이 메인 라인과 꼬여서 꼬리를 물고 올라왔다. 선원들이 흔히 딸딸이라고 하는 꼬임이다. 그러면 이빨고기가 낚시에 걸렸다가도 텐션(수압)에 의해 모두 떨어져 나갔다. 게다가 흉어가 계속되면서 선장의 심기는 편치 않았다. 일사불란하지 않는, 갑판부원들의 일처리에 선장은 계속해서 욕지거리를 날렸다. 양승키를 잡고 있던 정호의 마음이 몹시 불편했다.

"갑판에 가보겠습니다."

선장은 정호의 얼굴을 빤히 쳐다보더니 신경질적으로 손짓을 해대었다. 자신에게 양승키를 맡기고 브리지를 벗어나려고 한다는, 기분이 나쁘다는 뜻이다.

"항해사, 항해사. 메인 라인 홀드하고 브런치 라인을 잘라."

메인 라인이 브리지에서 보기보단 많이 바닷물 속으로 늘어져 있었다. 시점의 각도에 따라 달라지는 눈의 착각이기도 했다. 이 상태에서 선장의 지시대로 했다간 늘어진 메인 라인이 스크루로 흘러들어서 대형의 사고로 이어질 수 있었다. 먼저 늘어진 메인 라인부터 감아 들여야 했다. 정호는 선장이 떠들어대는 소리를 귓등으로 흘려버렸다.

"항해사."

"……."

"항해사."

"……."

부름에 응답을 하지 않자 선장의 화가 폭발했다.

"항해사. 야, 개새끼야!"

정호는 순간 머릿속이 어질어질해졌다. 그동안 숨겨 놓은 선장에 대한 불만이, 뭉치고 고여 있던 분노의 불길이 일어났다. 선장을 이해할 수 없었다. 이것은 아니지. 화가 머리끝까지 난 정호는 브리지를 힐긋 보았다. 브리지 선회창으로 선장의 얼굴이 보였다. 이유야 어떠하든 원양어선에서 선장에 대한 불경은 강제하선 감이었다. 그렇지만 더 이상 참는 것은 미덕이 아니었다. 정호는 브리지를 향해 캬 하고 침을 내뱉었다.

2

정호는 수산전문대학을 졸업했다. 실습항해사로 뱃전에 발을 내밀었던 곳은 아프리카의 시에라리온이었고 트롤선이었다. 말단선원보다 더 대우를 받지 못했던 실습항해사의 시절이다. 위험하고 힘든 일은 모두 정호의 몫이었다. 따돌림은 아니지만 당연히 그래야만 한다는 듯 누구 하나 도와주지 않았다. 그것은 선장의 지시기도 했다. 훌륭한 항해사, 선장이 되기 위해서 바닥부터 알아야 한다는 것이 선장의 주장이었으니까. 정호는 바쁘게 자신이 할 일거리를 찾아냈다. 덕분에 인고의 시간을 보냈지만 고민하지 않았다. 자신이 할 일을 한다고 생각했다.

빈농의 아들로 태어난 정호였다. 공부하는 형들을 대신해서 송아지의 여물을 챙기는 건 물론이요, 농사로 바쁜 아버지의 힘이 되어 드렸다. 그렇게 단련된 체력이다. 강건한 체력 탓에 힘쓰는 일은 자신이 있었다. 그러나 선장을 꿈꾸는 정호였다. 당당히 항해사가 하는 일을 하고 싶었다. 불만이 생겼다. 그렇다고 자신의 불만을 표출할 수는 없었다. 심술궂은 선원과의 주먹다짐이나 선내에서 지켜야 할 규칙을 어기는 일을 하다간, 제재를 당할게 불을 보듯 뻔했다. 대신 시간이 나면 정호는 바다 모를 심연을 망연히 바라보거나 뜨거운 분노를 술로 향하게 했다. 입항하여 외출을 하면 여자와 카지노에도 탐닉했다.

조업선이 운반선 또는 유조선과 네트워킹이 전무하던 시절이었다. 장기 조업을 할 수 있는 양상전재나 양상수급이란 단어는 사전에도 없었다. 까닭에 원양어선이 출항하여 연료를 모두 소비하거나 어창이 가득 차면 항구로 돌아왔다. 그렇게 버틸 수 있는 기간이 두 달이었다.

한편, 어획한 물고기는 한국으로 보낼 어종과 일본으로 보낼 어종을 선별하고 남은 물고기는 따로 두었다가 현지 주민들에게 판매를 했다. 흔히 뒷방이라고 부르는, 회사 몰래 뒷거래되는 물고기였다. 선장은 물고기 판매 대금을 선원들에게 균등하게 분배했다. 금액이

만만치 않았다. 입항이 다가오면 정상적인 조업을 작파하고 현지 판매용 물고기를 잡는 데 열을 올렸기 때문인데 이렇게 지급되는 금액은 정산으로 배당받는 금액보다 더 많았다. 그러나 쉽게 버는 돈은 쉽게 쓰이는 법이다. 정호라고 그 범주를 벗어날 수 없었다. 뒷주머니 두둑한 정호는 당직을 끝내면 외출했다. 밧줄을 묶은 배 안에서 밤을 보내기엔 아쉬운 청춘이었다.

그날, 시에라리온 프리타운의 밤은 습하고 뜨거웠다. 정호는 발정기에 든 수컷 하이에나가 암컷을 찾아 헤매듯 배를 벗어났다. 낯익히듯 거리의 입간판을 꼼꼼히 읽어가며, 섹스 몰의 진열장을 들여다보며, 클럽이 밀집한 다운타운 쪽으로 걸음을 옮겼다. 어깨가 자꾸만 구부정하게 겹쳐졌다. 밤공기 탓만은 아닌 오소소한 추위가 밀려왔다. 정호는 한기를 막기 위해 티셔츠를 턱까지 올려 입었다. 후유증인가? 정호는 당직을 마치기 직전에 피운 마리화나 탓이란 것을 깨달았다. 벌써 캐시를 만나지 못한 지 넉 달이 되었다. 항차가 끝나 프리타운으로 돌아와야 하는데 중간검사 때문에 라스팔마스에서 배를 수리했던 까닭이다.

불빛이 밝은 거리는 금세 끝났다. 가로등이 드문드문 서 있어 침침한 길들이 시작되는 어귀, 여자의 누드가 울긋불긋한 네온사인으로 번쩍거렸다. 할렘의 거리였다. 아프리카너 다운 캐시의 몸이 눈앞에서 어른거렸다. 정호는 캐시를 떠올리기만 해도 불끈불끈 치솟는 흥분으로 고통스러웠다. 할렘 골목은 술에 취한 듯 약에 취한 듯 비틀거리는 남자와 중요한 곳만 가린 여자들이 비키니 차림으로 들락거리고 있었다. 바다에서는 별난 것들이 그리워지긴 하지만 그렇게 그리워했던 바다의 풍경과는 다른 세상이었다. 며칠 전 이맘때 정호는 라스팔마스의 거리를 걸었다. 그리고 지금은 시에라리온의 프리타운 할렘 거리를 헤매고 있다. 어제와 오늘 그리고 미래와의 거리는 얼마나 아득한 것일까. 하지만 사실 중요한 것은 현재 어디에 있냐는 것이다. 어디선가 다가온 똥개인지 정호를 보며 요란하게 짖어댔다. 정호는 두 손을 주머니에 찔러 넣은 채 발길질했다. 발길이 허공을 가를 때마다 한기가 밀려들었다. 정호의 위협에 똥개는 터벅터벅 발길을 옮겨 어둠으로 쌓인 골목 안으로 사라졌다. 정호는 다시 한 번 티셔츠를 턱까지 올리고 목을 움츠렸다.

클럽 안은 레게 리듬이 스테이지를 뜨겁게 달구고 있었다. 그야말로 아프리카의 열기였다. 정호는 분위기에 취한 듯 그루브를 타며 바텐더에게로 향했다. 럼주를 병째 시켰다. 정호는 한 잔을 따라 원 샷을 했다. 목구멍을 내려가는 알코올이 짜르르한 기분을 주었다. 술은 도수가 강한 것이 좋았다. 정호는 클럽을 둘러보았다. 캐시를 찾기 위해서였다. 탄산수도 섞지 않은 럼주를 두 번째 원 샷 했다. 마리화나의 여운과 취기가 뒤섞이며 눈앞이 뿌옇게 흐려졌다. 정호의 온몸이 둥둥 떠다녔다. 스테이지를 장악한 군상들이 먼 우주에서 찾아온 외계인처럼 흔들거렸다. 정호의 얼굴도 붉게 일렁였다. 그때 정호의 눈에 캐시가 들어왔다. 캐시는 동양인으로 보이는 남자와 춤을 추고 있었다. 정호는 술잔을 들고 캐시를 향해 걸어가다 스테이지 중간에 서 버렸다. 남자의 얼굴을 보았던 것이다. 그 순간 꿈틀거리며 질투심이 솟구쳐 올랐다. 정호는 잠시 숨을 가다듬었다. 처음엔 자신이 잘못 보았나 했다. 그러나 사이키델릭 조명이 터지면서 남자의 얼굴이 뚜렷하게 보였다. 정호는 캐시의 얼굴을 노려보다 남자의 얼굴을 멍하니 바라보았다. 정호는 이 자리에서 자신의 인생이 끝날지도 모르겠다는 생각이 들었다. 사지를 비틀어대며 춤을 추고 있는 동양인 남자는 선장이었다. 캐시가 정호를 확인하고는 체념하듯 고개를 좌우로 흔들었다. 정호는 카운터로 되돌아가 럼주 병을 움켜잡았다. 그런 다음 선장을 향해 돌진했다.

"야, 시발 새끼야! 캐시는 내꺼야."

정호의 첫 승선 생활이 아작났다.

3

정호가 배를 타는 것은 속박된 현실을 벗어나는 비상구였다. 노력하다보면 선장이 될 수 있는 가능성도 있었다. 그러나 승선하고 싶어도 병역이 발목을 잡았다. 어기 중간에 강제 하선당한 정호는 특례보충역의 기회를 잃었다. 정호는 현실을 인정해야 했다. 병역을 마치기로 결정했다. 정호는 해병대에 지원서를 냈다. 정호가 바다에서 한 걸음 물러나 복무하는 동안 시간은 멈춤 없이 흘렀다. 가끔씩 전해 듣는 이야기는 정호의 비참함을 부추겼다. 라스팔마스로 진출한 동기 중에서 이미 항해사가 된 친구도 있었다. 게다가 정산을 봐서 아파트를 샀다 했고 부동산에 투자를 했다고도 했다. 졸업할 때만 해도 같은 출발선에 있던 동기들이었다.

정호가 마침내 전역을 했을 땐 통장의 잔고는 바닥이었다. 그래서 급하게 선택한 바다가 오만의 무스카트였다. 역시 트롤선이었고 항해사였지만 대리 선장역이었다. 대역이라는 딱지가 붙었지만 정호는 졸지에 잘나가는 동기도 되지 못한 선장이 되었다. 회사는 수산대학 출신 선배가 경영하는 곳이었고 동문들이 승선을 하고 있기에 가능했다. 실습항해사 시절 강제 하선을 당한 정호는, 그랬다. 대역이란 점이 꺼림칙했지만 그곳 이외에는 승선할 방법이 없었다.

진짜 선장은 오만어장의 경험자였다. 그러나 오만어장에서의 불법 조업 혐의로 선장 고입이 불가능했다. 조업실적이 월등했으므로 회사에서는 꼭 필요한 선장이었다. 회사에서는 항해사를 선장으로 고입하고 선장을 항해사로 고입하는 계책을 꾸며냈다. 그래서 선택한 사람이 정호였다.

어장은 아라비아반도 동부와 이란 사이에 위치한 알 하드 곶과 과타르만 사이의 해역이었다. 이슬람 분리주의자에게로 정권이 옮겨갔다. 다음 날 벌어질 일을 예측할 수 없는 변화의 시대였다. 이곳 저곳에서 '알라는 위대하다'라는 군상들로 넘쳐났다. 이교도에게 물고기를 잡게 할 수 없다는 여론이 들끓기 시작했다. 정호는 이슬람 분리주의는 몰랐지만 뭔가 불안하다는 것은 느꼈다. 정호가 대역 선장으로 승선한 배는 불안한 여론을 피해 도망치듯이 출어했다. 그러나 보름도 지나지 않아 해안경비정에게 나포를 당했다. 허가해 준 물고기 이외의 물고기를 잡았다는 것이 죄였다. 억지였다. 저층 바닥을 끄는 트롤어법의 경우 목표종 보다 부수어획종의 어획이 더 많았다. 목표종만 잡는다는 건 불가능했다. 지금까지 묵인해준 관행이었고 오만 정부도 알고 있던 사실이었다. 이슬람 분리주의자들에게로 정권이 옮겨가기 전까지는 우호적이었던 오만이었지만 이제는 전혀 달랐다. 정권을 넘겨받은 새로운 정부는 이슬람이 아닌 국가의 조업선을 모두 추방하려했다.

정호는 대역 선장의 대가를 톡톡히 치렀다.

"손 내놔."

브리지로 몰려온 군인들은 선장부터 찾았다. 당연히 선장의 대역인 정호가 나섰다. 서류상으로는 정호가 선장이었다. 막 양망을 마친 상황이었다. 피쉬본드에 그득한 어획물을 살피던 군인들은 서로

의견을 나누었다. 그중 책임자로 보이는 군인이 단호한 얼굴로 말했다. 체포한다고 했다. 그러고는 다짜고짜 수갑을 채웠다. 사실 오만 정부와 계약한 규정집을 펼쳐 놓고 위법이다, 아니다 라며 시시비비를 가릴 형편이 안 되었다. 자동소총의 총부리가 머리를 겨누고 있었다. 정확히 말하자면 종교적인 문제였지 위법의 문제는 아니었다. 정호는 배가 무스카트에 입항하자마자 감옥으로 이송되었다. 가로세로 일 미터 남짓한 넓이에 낡은 카펫트가 깔린 독방의 벽은 높았고 천장이 없었다. 마치 깊고 오래된 우물 속 같았다.

다행하게도 해질녘이 되면 온몸을 구워내기라도 할 듯 노을이 감방을 찾아왔다. 노을은 알라에게 바치는 기도문 소리와 함께 시작되었다. 천장이 없는 감옥의 가장 높은 곳으로부터 차츰 노랗게 물들어가기 시작하는구나 싶으면, 어느새 노을은 벽을 타고 내려와 바닥의 낡은 카펫 가장자리에서 황금빛으로 풀어졌다. 그러고는 감방이 터질 듯 출렁이게 만들었다. 이때만큼은 세상 부러울 것이 없었다. 노을은 정호의 가슴 속에서도 빛나 그 속의 오래된 길들을 뚜렷하게 보여줬다. 아니 머릿속에서 되살려냈다. 정호의 기억 속에 존재하고 있었지만, 지워져버려서, 형태를 보여주지 않았던 추억들이었다. 중동이 아니라면, 알라에게 바치는 기도문이 아니라면, 갇힌 몸이 아니라면 느낄 수 없는 회억의 감정이었다.

"정호야, 견딜만해?"

사흘 만에 나타난 선장은 그렇게 운을 떼었다. 혼란과 희망이 뒤섞인 표정의 선장은 본사의 사장까지 출장 와 있다면서 여러 방면으로 손을 쓴다고 했다. 정호는 감옥에서 오만 죄수들과는 거리를 두었다. 정호는 이슬람이 아니었다. 이슬람 교도인 죄수들이 자신을 좋아하지 않을 것이란 걸 알았고 굳이 이슬람들과 친해져야 할 이유도 없었다.

"오만 정부가 원하는 것은 불법 조업에 대한 처벌이 아니라 종교가 다른 국적선의 원천적인 추방입니다. 오래전부터 소문은 있었으나 미처 대체 어장을 확보하지 못한 탓에… 곧 파키스탄으로부터 연락이 올 것 같습니다. 조금만 더 고생해 주십시오."

회사 직원은 정호의 손을 마주 잡으며 위로의 말을 건넸다. 그 후 보름이 지나서 정호는 석방되었다.

회사의 조업선들은 새로운 어장을 찾아야만 했다. 조업선들은 파키스탄과의 조업 계약 체결을 기다리며 카라치 외항으로 이동했다. 하지만 회사가 보유한 자금력을 총동원했던 오만에서의 철수는 회사에겐 치명타였다. 해저 해일로 대양에서부터 밀려오는 거대한 쓰나미처럼… 파키스탄 입어가 차일피일 늦어지는 동안 자금의 압박을 견디지 못해 삐걱거리던 회사는 도산했다.

4

먼지뿐인 주머니를 채우기 위해서는 바다로 나가는 방법밖엔 묘책이 없었다. 그렇게 승선한 2항사였다. 수평선으로 노을이 지는 당직 때면 두 손을 허리춤에 괴우고 시간 가는 줄을 몰랐다. 정호는 자신이 바다를 좋아하고 있다는 사실을 발견했다. 그렇지만 정호는 어느새 동기들로부터 점점 뒤처졌다. 진급이 빠른 동기들은 벌써 선장이 되어있었다.

정호가 승선한 트롤 어장은 미드웨이 해령이었다. 해령에는 A에서부터 F에 이르는 해산이 있었으며 이곳 해산에 서식하는 빗금눈돔을 목표종으로 조업이 이루어졌다. 해산은 미국의 배타적경제수역에 근접해 산재해 있었으며 일본 트롤이 조업을 선점했던 곳인데 뒤늦게 한국배도 합류한 것이다. 특히 C 해산 같은 경우 배타적경제수역과 십오 해리밖에 떨어지지 않아 영해 침범 혐의를 받을 소지가 많은 어장이었다. 게다가 몇 년 동안 어황이 없어 조업을 하지 않았던 곳이다. 당장 함께 조업하고 있는 일본 트롤도 포기하고 있는 해산이었다. 더군다나 지금 조업하고 있는 어장에서 사흘은 달려야 도착하는 거리에 있었다. 만약 그곳에도 빗금눈돔이 없어 허탕이라도 치면 조업손실이 이만저만이 아니었다.

"C 해산은 어떻습니까?"

정호는 조심스럽게 의견을 말했다.

"거긴…."

선장은 내키지 않는지 고심하는 표정이 역력했다. 돌파구가 필요한 때였다. 조업을 시작한 지 한 달이 넘었다. 전년도 같으면 양망 때마다 코드엔드가 그득했다고 했다. 선단 조업선도 불황이긴 마찬가지였다. 선장이 선단 조업선을 호출했다.

"C 해산으로요?"

선장에게 되묻는 선단 조업선 선장의 의중은 그곳에 과연 빗금눈 돔이 있겠느냐는 의미였다.

"응."

선장의 결심은 단호했다. 바닥을 기는 어획이지만 그만큼 어가가 받쳐주니 안전 조업이 어떻겠냐며 선단 조업선 선장이 만류를 했다. 선장은 어가가 평소보다 두 배나 뛰었으니 이곳의 반만 잡으면 안 되겠냐고 맞받아쳤다. 선장들의 교신을 청취하고 있던 정호는 불안했다. 선장에게 C 어장을 추천한 사람이 자신이었던 것이다. 잘될 것으로 믿지만, 만에 하나 잘못되기라도 한다면. 정호의 근심과는 달리 C 어장으로의 이동은 대성공이었다. 해류를 잘 맞추면 일회 양망에 십 톤이 어획되었다. 처리실의 공장은 쉴 틈이 없었고 정호는 브리지 당직이 끝나면 처리실로 달려갔다. 그동안 불황으로 시달렸던 어기보다 비교적 짧은 시간인 보름을 조업하자 어창이 거의 찼다. 운반선을 불러야 할 시점이었다. 그동안 함께 이동하지 않았던 조업선에게 속여오던 어황을 더 이상 회사나 선단 조업선에게 속이기도 곤란했다. 선장이 어황을 공개하고 선단 조업선이 불나게 달려왔으나 이상하게도 어획이 신통치 않았다. 선단 조업선 선장의 해산 조업이 미숙하기도 했지만 구체적인 어획 정보를 선장이 알려주지 않았다. 그건 어장 이동을 의논할 때 따라주지 않았던 앙갚음이었다. 그러나 회사 입장에서는 그게 아니었다. 회장으로부터 직접 전화가 걸려왔다. 상세한 어획 정보를 넘겨주라는 것이다. 회장의 권유에 선장은 더 이상 뒷걸음질 치지 못했다. 두 배가 양상에서 접선을 했다. 난파 직전 선원의 심정 같았던 선단 선장은 자기가 접대를 하겠다며 선장을 자신의 배로 초청했다.

미드웨이 빗금눈돔 어장은 국제기구인 중서부태평양수산위원회에서 관리하는 곳이었다. 이곳에서 조업을 하려면 중서부태평양수산위원회에서 인정한 옵서버를 승선시켜야만 했다. 정호의 배에서도 중서부태평양수산위원회에서 파견한 옵서버가 그 업무를 수행하고 있었다. 옵서버는 러시아인이었다. 정호는 옵서버에 관한 모든 업무를 커버했다. 처우에 관해서 트러블이라도 발생해서 문제를 제기하면 조업을 할 수 없었다. 그날도 선장은 옵서버와 함께 선단 조업선으로 건너갔다가 엉망으로 취해서 건너왔다. 동행했던 옵서버 또한 만취했다. 기분 좋은 술자리였는데 안타깝게 사고가 발생했다.

"사망했습니다."

정호는 숙취가 채 가시지도 않은 선장에게 보고했다. 옵서버가 죽었던 것이다. 아침 식사 시간이 되어도 나타나지 않는 옵서버가 자는 줄만 알았다. 옵서버는 아무리 불러도 깨어나지 않았다. 옵서버는 어로 노동에 동원되는 선원이 아니었다. 중서부태평양 수산위원회란 국제기구에서 승선한 과학자였다. 옵서버의 갑작스런 죽음을 두고 회사에서도 당황했다. 사인을 확인하고자 국제기구에서는 배의 입항을 원했다. 당연한 상황이었고 그게 관례였다. 회사에서는 술자리를 문제 삼아 어획이 저조했던 선단 조업선에게 시신을 인수하고 입항할 것을 지시했다. 불행한 사건은 그걸로 끝난 것이 아니었다. 사망한 옵서버를 대신해 운반선 편으로 편승해온 두 번째 옵서버가 승선 이틀 만에 또 다시 시신으로 발견되었다. 나중에 안 사실이지만 여자 친구와 헤어짐을 비관한 자살이었다. 정호가 최초의 목격자였다. 두 번째 옵서버 역시 식사 시간에 나타나지 않았다. 정호가 문을 열었을 때 침실은 미처 환기가 안 된 마리화나 냄새로 역겨웠다. 등이 꺼져 캄캄했던 선실이 익숙해지고 세부가 드러났다. 정호는 뒷걸음칠 수밖에 없었다. 그러고는 무력함에 빠져 침실의 풍경을 멀뚱히 쳐다보았다. 풀지도 않은 가방과 엎질러

진 위스키 병 뒤로 현창 문에 목을 맨 옵서버가 눈에 들어왔다. 이 사건으로 결국 배는 부산항으로 돌아올 수밖에 없었다. 옵서버 담당이었던 정호는 여러 날을 해양경찰 외사과에 불려 다녔다. 정호는 바다를 벗어나고 싶었다.

5

인생은 커다란 대접에 담겨 있는 물과 같다. 이해할 수 없는 어떤 초자연적인 힘이 있어 물을 흔드는데 그 출렁거리는 파동의 크기가 삶이라는 생각이 들었다. 삶은 오만한 힘으로 놀란 시선을 즐기는 것처럼 정호를 비웃었다. 인생을 지배하는 힘은 분명히 있었다. 그랬다. 삶은 피곤한 모퉁이에서 끊임없이 무언가를 요구해 왔다. 정호는 거듭되는 승선 실패와 그 초자연적인 힘에 대항하고 당당한 시선으로 시퍼런 운명을 비웃고 싶었다.

정호가 다시 승선한 배는 포클랜드 트롤이었다. 이빨고기 연승선 선장이 트롤 선장으로 있던 해역이다. 정호가 말은 안했지만, 물론 이야기할 이유도 없었다. 선장의 배가 화재로 소실될 때 우연치 않게 옆 선석에 정박했었다. 화재로 전소된 배가 선장의 배였는지는 이빨고기 연승에 와서야 알았다.

정호가 승선했던 포클랜드 트롤도 마지막 항차를 남기고 방화로 침몰했다. 정호의 삶이 뼛속까지 차가운 불행으로 비틀어지던 순간이고, 계획적인 방화가 외국 선원들 사이에서 전염병처럼 번져 나가던 때이기도 했다. 불은 주로 베트남 선원들이 질렀다. 고된 원양어로를 못 견딘 탓도 있지만 승선했던 배가 없으면 계약이 파기되면서 외국 선원들은 실업 수당을 받을 수 있었다. 노동에 노출되지 않고도 목돈을 벌 수 있었다. 그러기에는 방화가 제일 손쉬웠다.

정호는 진로를 상선으로 바꾸었다. 면허를 상선면허로 바꾸고 타그보트에 승선을 했다. 중국에서 만든 선박블록을 한국에 있는 조선소로 가져오는 일을 했다. 황해를 가로지르며, 죽엽청에 취해서, 중국 아가씨들과 풋사랑을 나누며, 어쨌든 먼지 같은 시간이 쌓여만 갔다. 정호는 자신의 인생이 이렇게 풀릴 줄 몰랐다. 나름대로 열심히 승선을 했다. 선장이 되고자 노력하지 않았던가. 문득 변화 없는 삶을 흔들어줄 힘이 필요했다. 중국에서 돌아온 어느 날, 정호는 무턱대고 수산회사를 찾아갔다. 그곳에서 이빨고기 연승선의 선장을 만났다.

"이빨고기 연승인데… 뭐, 별로 어려운 것은 없고, 브리지에서 양승키만 잡아주면 됩니다."

선장은 정호와의 첫 만남에서 그렇게 말했다. 양승키만 잡아주면 된다고 거듭거듭 말했었다.

"양승키만 잡으면 된다고 했잖습니까? 그런데 무슨 욕을 그렇게 심하게 합니까? 그것도 갑판부원이 모두 있는데…."

다시 바다를 벗어나야 한다는 것과 선장의 의자와는 점점 멀어지는 미래가 안타까웠지만 정호에게 중요한 문제가 되지 않았다. 왜냐하면 선장이 되는 것보다, 자신을 지키는 일이 더 중요했다. 실망스럽게도 이빨고기 연승선의 선장은 선장이 아니었다. 아집과 독선으로 덧칠한 뱃놈에 불과했다. 그런 선장은 서로의 존재를 인정하지 않았다. 수평적이 아니라 수직적인 관계만을 원했다. 선장에 대한 신뢰가 사라져버렸다. 정호는 연료를 수급하기 위해 케이프타운에 입항하자 자의로 하선했다. 정호와 친분이 있던 대리점 사장은 남인도양이 한눈에 들어오는 해안가에 호텔을 잡아주었다. 항공권의 발권이 이틀 뒤에나 있기 때문이다. 호텔 방의 창문은 동쪽으로 열려 있어서 윤슬로 반짝이는 바다가 시원하게 내려다 보였다.

정호는 대리점 사장으로부터 출발 시간을 전해 듣고 전화를 끊었다. 이제 막 고등학생이 된 딸아이가 못 견디게 보고 싶었다. 선물 꾸러미를 정리하던 손을 잠시 멈추고 정호는 핸드폰에 간직한 이미지 폴더를 열었다. 사진 속 딸아이는 환하게 웃고 있었다. 인천공항에서 헤어졌건만 여섯 달도 지나지 않아 기억은 사진 속에서만 선명할 뿐, 얼굴의 윤곽이 뚜렷하게 떠오르지 않았다. 입술도 코도 눈동자도. 오랫동안 바다를 떠돌며 함께 했던 시간이 적었던 탓이기도 했다. 그건 뱃사람이라면 누구나 간직한 비애다. 그때 출국장으로 나서며 딸아이에게 무슨 말을 했던가. 아빠는 바다로 간다, 라고 막막한 수평선 위의 신천옹처럼 말했던 것이 정말이었던가. 문득 아빠 같지 않은 아빠였다는 생각이 떠올랐다. 모든 것이 바다 탓이다. 한국에 도착하면 제일 먼저 딸아이부터 찾게 되리라. 바다는 딸아이에게서 아빠를 떼어 놓으려고 온갖 기지를 발휘할 것이다. 어쩌면 질투마저 할 것이다. 살아간다는 것은 그런 것이 아닐까. 잠시나마 바다를 잊어버리리라. 함께 영화를 보며, 가끔은 치킨과 맥주를 마시며 행복함을 즐기리라.

정호는 미처 챙기지 못한 물건들을 천천히 가방에 챙겼다. 그리고 날이 밝기 전, 콜택시를 요청하고 체크아웃을 했다. 이어 파리를 거쳐 서울로 향하는 비행기에 탑승하기 위해서 케이프타운 공항으로 향했다. 도로변 가로수의 플라타너스 잎이 낙엽이 되어 선들바람에 도로 위를 굴러다녔다. 정호는 차창을 통해 낙엽의 행방을 쫓아갔다. 누렇게 변해버린 플라타너스의 낙엽은 푸르던 날의 청춘을, 추억이 가득했던 뜨거움에 대한 아쉬움이 남은 듯 말라 비틀어져 있었다.

비행기가 속력을 내기 시작했다. 여행객을 가득 태운 채 안간힘으로 활주로를 갈랐다. 창문을 통해 지상의 풍경들이 빠른 속도로 뒤로 밀려났다. 비행기는 온몸을 다해 달려가다가 마침내 솟구쳐 올랐다. 지상의 건물들이 점점 작아졌다. 케이프타운 바다 전경이 한눈에 들어왔다. 이빨고기 연승 한 척이 방파제를 벗어나고 있었다. 푸르게 출렁거리는 바다뿐 배를 가로막는 것은 아무것도 없었다. 연료 수급을 마친 배가 출항 중인지도 몰랐다. 비행기는 고도를 유지하기 위해 빠르게 상승했다. 갑작스런 기압의 변화로 속이 메슥거려 왔다. 정호는 마른 침을 꿀꺽 삼켰다. 멍하던 귓속이 펑 하고 트였다. 배는 비행기의 고도가 높아질수록 섬으로 보이기도 하고 인생에서 부서진 삶의 조각으로도 보였다.

알폰시노

특례가 문제였다. 봉회는 숨을 길게 내쉬었다. 특례만 아니라면, 잘잘못을 떠나 한판 붙었다. 당직을 마친 지 한참이나 되었다. 화는 여전히 가슴 속에서 끓고 있었다. 이때 아버지가 곁에 있었더라면 참아야 한다고 했을 것이다. 무조건 참지 않고는 이룰 수 없다는 게 그의 지론이었다.

고통을 느끼기 시작한 때부터 인생이 시작된다고도 했다.

병으로 들이킨 소주 덕에 평소보다 일찍 눈이 떠졌다. 숙취 때문에 정신이 맑지 않았다. 더듬더듬 냉장고를 열었다. 생수병을 통째로 들이키자 모닝일렉션이 찾아온 아랫도리에 요의가 느껴졌다. 봉회는 방한복을 걸치고 선실 문을 열었다. 뜻밖에 선실 밖 통로는 고요로 가득했다. 처리실 교대자로 한참 부산해야 할 선원 통로다. 그런데도 불구하고 쥐죽은 듯 조용하다는 건, 처리할 어획물이 없다는 의미와 동일했다. 망파와 물방을 확인한 박 선장이 신경질을 낸 이유이다. 봉회는 발걸음 소리를 죽이고 브리지 갑판 출구로 향했다.

살을 저미는 추위였다. 5월이면 남반구는 겨울이다. 코가 떨어져 나갈 정도로 대기는 차갑다. 남극으로부터 북상하는 심해 한류인 훔볼트와 블리자드 탓이다. 브리지 갑판으로 나서자 먼저 눈에 띈 건 수리를 끝내지 못한 그물 더미였다. 봉회는 담배를 꺼내어 불을 붙였다. 그러고는 훅 하고 연기를 뱉었다. 불현듯 어제 일이 떠올랐다.

"975미터입니다."

네트레코더에 눈길을 못 박은 채 박 선장이 물었다. 그러는 동안 박 선장의 얼굴은 점점 더 찌푸려졌다. 곁에서 투망 조타를 하고 있던 존은 무언가 미심스러운지 고개를 가로 저었다. 봉희는 덜컥 불안해졌다.

"몇 미터야?"

한 옥타브나 올라간 박 선장 목소리였다.

"999미터입니다."

어획 목표 수심은 1,150미터였다. 지금쯤이면 폭탄이 송신하는 신호가 네트레코더에 나타나야만 했다. 보통 900미터만 되면 비행 기항적운 같은 기록이 나타나곤 했다. 사단이 난 것이다.

트롤어선에서 네트레코더는 무엇보다 중요했다. 네트레코더는 크게 송신부와 수신부 두 파트로 나누어졌다. 현측으로 돌출해서 데릭에 매달린 비행기와 그물의 뜸줄 중간에 붙어있는 폭탄이다. 이들의 구조가 비행기와 비행기에서 떨어뜨리는 폭탄을 닮았다고 해서 붙은 이름이었다. 비행기는 예망 중 폭탄에서 수신하는 각종정보, 예를 들면 수심, 수온, 망고, 망폭, 어군 상태, 입망의 양 등을 실시간으로 송신하여 브리지 네트레코더 모니터에서 이미지화 했다. 이 이미지를 판독한 정보를 가지고 선장은 예망을 했다. 어로 활동의 많은 부분을 네트레코더에 의지한다. 이처럼 중요한 장비가 작동이 되지 않을 때가 가끔 있었다. 기계적인 오작동보다는 사람의 실수로 발생했다.

비행기는 선측으로부터 이어진 전선으로 전원이 공급되지만 예망 중인 그물에 부착된 폭탄은 독립된 전원 공급 기능을 지녔다. 폭탄 후부에 붙은 박스의 건전지에 의해서다. 까닭에 일정 시간을 사용하면 정기적으로 건전지를 교체해야 한다. 폭탄의 건전지 교체 담당은 존이었다. 그런데 이날따라 봉희가 나섰다.

어군탐지기에 1,100미터 수심이 찍혔다.

봉희가 수심을 복창하려 할 때다. 겔로수에서 쿵 하는 소리가 들렸다. 그러곤 와프가 겁잡을 수 없이 풀려나갔다. 윈치를 정시시키기 위해서 바짝 죄어놓은 브레이크에서는 찍찍 공기를 찢는 굉음이 난다. 흰 연기가 뭉클뭉클 피어오르며 매캐한 냄새가 코를 찔러

왔다.

"감아!"

박 선장 고함소리가 앰프를 타고 갑판을 쩌렁쩌렁 울렸다. 당연히 네트레코더는 작동하지 않고 있다. 봉회의 얼굴이 사색으로 변했다. 이제 봉회의 뺨은 박 선장 것이었다.

원양트롤을 처음 승선한 신출내기 봉회의 눈에도 해산 조업은 타이밍이었다. 심연 3,000미터로부터 치솟은 나미비아 해산은 지형이 날카롭기로 소문이 나있다. 해산 정상에 나타났다 순간적으로 사라지는 알폰시노를 코드엔드로 밀어 넣는 방법은 정확한 타이밍밖엔 없었다. 그런 면에서 박 선장의 감각은 타의 추종을 불허했다. 함께 조업하는 여러 국적 조업선 중에서도 어획이 월등했기 때문이다. 그런 그도 네트레코더가 작동하지 않자 타이밍을 잃고 해산에 그물을 걸쳤다. 사실 박 선장의 명성에서 네트레코더 기여도는 본능적인 감각의 80%이상을 차지했다.

"어떻게 됐어?"

네트 끝에 달려 있는 아이언 볼이 슬립웨이를 넘어오자 마음이 성급해진 박 선장이었다. 갑판장은 그물을 가리키며 손으로 크게 가위표를 그었다. 망파 신호다. '작살났다.'라는 신호였다.

부이가 떨어져 나가고 이리저리 찢겨진 날개가 슬립웨이를 넘어왔다. 망파를 지켜보는 봉희는 생각에 빠졌다. 네트레코더는 무엇 때문에 작동하지 않았을까. 정해진 매뉴얼에 따라 정확히 건전지를 교환했다. 기계적인 오류라면, 하지만 그럴 확률은 많지 않다. 분명 자신의 실수가 있었다. 무엇일까? 생각은 꼬리에 꼬리를 물고 이어졌다. 그때 아차, 하는 생각이 들었다. 수밀이… 건전지를 교체하고 나서 고무링을 넣고 죄어야 하는데 깜박했다. 침착하지 못한 마음 탓이다. 봉회는 입술을 지그시 깨물었다.

봉회의 우려는 현실이 되어서 나타났다. 너덜너덜해진 원통이며 그라운드와 그물 밑판은 아예 보이지 않았다. 통걸이를 하지 않은 것이 천운이었다. 봉회가 폭탄을 수거해 오픈했을 때 쏟아지는 물덩이를 지켜보던 박 선장이 중얼거렸다.

"너 같은 씨방새를 낳고도 미역국을 먹었겠지."

뺨 한쪽을 각오하고 있던 봉회다. 그런데 엉뚱하게도 박 선장은 부모님을 향해 어퍼컷을 날렸다. '씨방새'라는 비아냥거림이 천둥소리처럼 들렸다. 봉회의 가슴 속에서 무엇인가 울컥 솟아올랐다. 눈물인지 분노인지도 모를 무엇이.

대기는 차가웠다. 바람이 없는 탓에 파도는 보이지 않았다. 봉희는 바다를 향해 오줌발을 세웠다. 뱃전 밖으로 낙하하는 오줌발이 작업등에 굴절되어 다이아몬드 알갱이처럼 빛났다.

"내 탓이야."

아랫도리에 힘을 주며 봉회는 중얼거렸다. 채 삭지 않는 억울함, 부모님에게 느닷없이 어퍼컷을 먹인 죄책감이다. 그때 어둠으로 뒤덮인 바다 한쪽이 핑크빛으로 밝아졌다. 처음에는 떠오르는 샛별인 줄 알았다. 시간을 두고 주의를 집중하자 어둠으로 뒤덮인 바다에서 수평선이 나타났다. 아, '박명!' 하고 봉회 입에서 감탄사가 터졌다. 수평선을 가로지른 핑크빛이 진해졌다. 다시 엷은 주황색으로 변했고 짙은 주황색으로 바뀌었다. 무심하게 마주쳤던 풍경이다. 그런데 오늘따라 처음 본 것처럼 새로웠다. 문득 자연에 대하여 끝없는 경이로움이 생겨났다. 그것에 비하면 자신이 당한 일은 아무것도 아니었다. 그 작은 일에 화를 내고 씩씩대고, 봉회는 바지를 올릴 생각을 잊어버린 듯 넋 놓고 박명에 빠졌다.

"그래, 내 탓이야."

봉회는 다짐하듯 읊조리며 크게 심호흡을 했다. 드디어 태양이 수평선 밖으로 얼굴을 내밀었다. 바다가 붉게 불탔다.

"수밀 잘해."

바닷사람답게 박 선장은 선이 굵고 통이 컸다. 그리고 뒤끝이 없었다. 폭탄을 수밀하는 봉회 등 뒤 박 선장 목소리는 한결 부드러웠다. 아버지 성격도 박 선장과 닮았다. 봉회가 잘못이라도 하면 잘못의 경중을 떠나 불같이 화를 내었지만 얼마 시간이 지나지 않아 잊었다. 타고난 뱃사람이었다. 선상 폭력 사건에 연루만 되지 않았다면 하선하지 않았다. 아버지는 어쩌면 박 선장보다 빨리 선장이 되어 오대양을 주름잡고 있었을 것이다. 그렇게 봉회가 배를 타야겠다고 마음먹은 것은 아버지의 한을 풀어주기 위해서였다. 물론 인문계 고등학교에 진학할 수 없었던 보잘것없는 중학교 성적도 한몫을 거들었다.

아버지는 완도에서 태어나 완도에서 성장한 완도의 토박이다. 아버지 시대의 또래가 그렇듯 공부를 위해 완도를 벗어나는 일은 꿈같은 일이었다. 아버지는 완도 수산고등학교 진학만으로도 감지덕지했다. 아버지는 졸업하자마자 원양어선에 승선했다. 형편이 좋지 못한 집안 사정도 있었지만 공부는 체질에 맞지 않았다. 미국령 사모아를 기지로 하는 참치주낙선이다. 그곳에서 두 해를 실습항해사로, 다시 3등항해사로 진급하여 두 해를 더 승선하고 귀국했다. 하급항해사 월급이었지만 시골이나 다름없던 완도에서는 큰돈이었다. 다달이 입금되는 급여로 동생들은 공부를 했다. 아버지가 계약을 종료하고 완도로 돌아왔을 때 입영 통지서가 기다렸다. 부랴부랴 상급면허를 취득하고 사모아행 주낙어선에 승선했다. 봉회처럼 특례를 받기 위해서다. 2등항해사로 진급도 했다. 아버지를 눈여겨보

앉던 선장에 의해서다. 어렸지만 선원들을 다루는 리더십과 아버지의 성품은 선단에서 칭찬이 자자했다. 그때까지 아버지의 승선 생활은 거침이 없었다. 그러나 누구도 알 수 없는 것이 하루 앞 인생이었다.

그날은 알바코가 낚시마다 줄줄이 물고 올라왔다. 평소 같으면 반나절로 조업이 마무리될 터인데 주낙은 끝이 안 보였다. 선원들은 지쳐갔다. 작업의 효율도 낮아졌다. 이틀이나 눈 한번 붙이지 못한 강행군이 지속되었다. 선장의 채근은 심해졌다. 왜냐하면, 주낙에 걸린 물고기는 포식자 밥이 되거나 패사로 인해 상품 질이 떨어지기 때문이다. 빨리 어획물 배를 가르고 내장을 꺼내 깨끗이 세척한 다음 급속 냉동을 해야만 했다. 어획된 물고기 손질로 인해, 갑판은 피투성이였고 선원들 또한 핏물로 범벅이 되었다. 잠도 자지 못한 채 피비린내 속에서 일하는 선원들 신경이 날카로웠다. 그런 상황에서 뱃전까지 거의 끌어 올린 빅아이 투나의 중심 사이즈를 떨어뜨리는 실수가 빈번했다. 한 마리에 3,000불이 넘는 고가 어종이다. 양승을 지휘하던 1항사가 실수를 인정하면 안 되었다. 융단폭격 같은 육두문자 욕설이 실수한 갑판원에게 쏟아졌다. 한순간에 팽팽하게 당겨져 있던 긴장감이 툭 하고 끊어지는 찰나였다. 이성을 잃은 갑판원이 처리용 칼을 들고 브리지로 뛰어들었다. 1항사와 함께 2항사였던 아버지가 갑판원을 제압하는 과정에 과도한 폭행이 발생했다. 갑판원은 그 자리에서 사망했다. 결국 아버지는 공동정범으로 구속되어 3년형을 판결 받았다. 아버지가 바다를 떠난 이유였다.

크레인 소리가 소란스러웠다. 작업 갑판으로 내려온 봉회의 추위로 몸을 움츠렸다. 강한 바람에 갑판원들은 바람을 거스르며 찢어진 그물을 깁고 있었다. 봉회는 작업에 몰두하고 있는 갑판장의 손을 바라보며 말했다.

"수고 많습니다."

미안했다. 뱃놈이 밥만 먹으면 하는 일이 뱃일이라고 하지만 자신의 작은 실수로 대형의 망파를 만들었다. 이 추위에 생고생을 하고 있으니 얼굴을 바로 볼 염치가 없었다.

"사람인데."

갑판장은 봉회의 실수를 너그럽게 지적했다. 파도 위에서 잔뼈가 굵은 갑판장이다. 박 선장에 버금할 정도로 노련했다. 마치 화엄경에 나오는 "디라의 하늘 위에는 구슬로 된 그물이 걸려 있는데, 구슬 하나하나는 다른 구슬 모두를 비추고 있어 어떤 구슬 하나라도 소리를 내면 그물에 달린 다른 구슬 모두에 그 울림이 연달아 퍼진다"는 말씀처럼 갑판장은 인디라 바다의 일을 알아차렸다. 착망이 이루어지던 시간이었다. 뛰어난 집중력을 가진 박 선장이 망파를 낼 리 없다. 박 선장의 감각을 방해하는 무언가가 있었다. 그렇다면 원인은 하나, 폭탄이다. 갑판장은 혀를 츠츠츠 찼다. 짜증이 났다. 선원들의 수고를 생각한다면 조인트라도 한 방 까고 싶다. 그러나 선상에서 2항사는 상급자였다. 고기를 잡기 위해서 망파를 내는 사람이고 갑판장은 고기를 잡기 위해서 그물을 수리하는 사람이었다. 무엇보다 2항사는 어렸다. 뱃전에 처음으로 발을 들여놓은 친구다. 풋내기, 미래는 항상 현재 속에 있는 것이다. 그러니까 이번 경험으로 다시 실수하지 말라는 뜻이었다.

 승선 초기부터 갑판장과 봉회의 관계가 부드러웠던 것은 아니다. 그와 나는 썩은 살점을 사이에 두고 서로 물고 뜯는 하이에나와 같았다. 술 때문이다. 주부식과 선상 소모품은 2항사인 자신의 관리였다. 특히 술 관리는 박 선장 엄명이 있었다. 술은 선상에서 모든 안전사고의 원인이기에 박 선장이 일정한 기간을 두고 지급했다. 그런데도 불구하고 갑판장은 끊임없이 술을 원했다. 처음엔 갑판장이 원하면 한 병이고 두 병이고 주었다. 그러나 시간이 지날수록 원하는 빈도가 지나치게 늘었다. 봉회는 생각했다. 자신은 2항사다. 이대로 끌려갈 수 없었다. 무언가 반전의 기회가 필요했다. 그리고 그 반전의 기회는 불과 얼마지 않아 생겼다.

 그날은 토요일이라 저녁 식사 메뉴가 삼겹살이었다. 당연히 술이 곁들여졌다. 박 선장도 함께한 즐거운 자리였다. 다만 갑판장의 얼굴 표정이 좋지 않았다. 이날따라 갑판장의 주량이 도를 넘어갔다. 삼겹살은 손도 대지 않고 거푸 술잔을 비워냈다. 박 선장이 은연중에 술잔을 건네지 말라는 지시를 내렸다. 그러던 차에 술이 떨어졌다.

"야, 2항사."

그렇게 봉회를 부른 갑판장은 술을 더 가져올 것을 요구했다. 원래는 술이 더 필요하다는 생각이 들면 박 선장이 지시를 했다. 갑판장이 "야" 라고 호명하는 순간 봉회는 피가 거꾸로 솟는 것 같았다. "야" 라니. 어처구니가 없었다. 봉회는 포착하려던 기회가 온 것을 직감했다. 박 선장이 무시하라는 눈짓을 했다. 봉회는 못 들은 척, 익은 삼겹살을 불판 가장자리로 옮겼다. 노려보는 갑판장 눈살이 따가왔다.

"시발놈아!"

이렇게 외친 갑판장은 술잔을 봉회에게 던졌다. 순간 봉회의 참을성은 무너졌다. 봉회의 주먹은 정확히 갑판장 면상에 적중했고 "좆 같은 새끼가" 란 욕설이 그 뒤를 따랐다. 식당은 순식간에 엉망이 되었고 사건은 더 이상 진행되지 않았다. 갑판장은 벌써 인사불성으로 취해버렸고 박 선장의 강력한 제지가 있었다.

"너는 아버지도 없어."

봉회가 브리지로 끌려가서 박 선장에게 들은 훈계였다. 갑판장은 봉회의 아버지와 같은 연배였다.

"갑판장 어머님이 시한부 암 판정을 받았어. 귀국도 못하고… 본인으로서는 괴롭고 괴롭지."

모두들 갑판장의 거친 행동을 지켜만 보았다. 이미 다들 갑판장의 사정을 알고 있었는데 자신만 몰랐다. 갑판장이 술을 좋아하긴 했으나 폭력적인 사람은 아니었다. 갑판장이 내뱉은 욕설은 봉회에게 한 것이 아니었다. 스스로에게 한 것이다. 자식으로서 부모의 사망 판정을 전화로 들어야 하는 불효에 내린 벌이었다. 커다란 벽, 바다에게 한 하이킥이었다. 봉회는 갑판장을 찾아갔다. 갑판장의 입술은 퉁퉁 부어있었다. 봉회는 무릎을 꿇었다. 2항사란 관계를 떠나 인간적인 용서를 구하기 위해서다. 갑판장은 봉회를 한참 동안 지긋이 바라보더니 털털거리며 웃었다. 지난밤은 벌써 지나가버렸다면서 미안하다고 했다. 지금은 새로운 시간, 새로운 날이라 시작이라는 것이다. 그러면서 잘 지내보자고 했다. 갑판장은 '상남자'였다. 이날의 감동은 "키 큰 나무숲을 지나니 키가 커지고 깊은 강물을 지나니 혼이 더 깊어 졌다"는 잠언처럼 봉회가 세상을 향해 한 발 더 나아가는 계기가 되었다. 그날 갑판장은 술을 완전히 끊었다. 사실 학창 시절의 봉회는 완도의 짱이었지만 완력으로 갑판장을 이길 수는 없었다. 오랜 시간 파도와 바닷바람으로 단련된 청동빛 이두박근을 찢어발긴다는 건 불가능한 일이었다. 갑판장의 면상을 작살낸 것은 순전히 운이었다.

태양이 붉어지며 완전한 원의 형태를 갖추어 갔다. 작업을 지시하는 갑판장 목소리에 힘이 실렸다. 지금쯤이면 심해 해령에서 또는 해령의 열수 분출공 암벽에 기대 잠들었던 알폰시노들이 활동을 시작할 때다. 더욱이 산란 직전이다. 물고기나 그것을 잡아야 하는 사람이나 예민해지는 시간이었다. 살점을 에는 강추위 속에서 맡겨진 임무를 수행하기에 선원들은 여념이 없었다. 지나가면 부질없는 일이지만 마치 자신 삶의 중심처럼. 인도네시아 선원 제누디는 크레인 조종에 집중하고 필리핀 선원 알바시온은 수리가 끝나지 않은 그물을 정리하기에 바빴다. 선원들을 바라보는 봉회 마음속에는 수많은 생각들이 스치고 지나갔다.
과연 저렇게 열심인 선원들에 비하여 자신은 모든 일에 최선을 다했던가? 봉회는 가만히 고개를 가로저었다.

한국 선원이라곤 봉회를 포함하여 7명에 불과했다. 배를 움직이는 나머지 선원은 모두 동남아 선원이었다. 필리핀이나 인도네시아인데, 데크에서 크레인을 능숙하게 조정하고 있는 1갑원 제누디는 인도네시아 자바에서 왔다. 벌써 세 번의 어기를 배에서 보내고 있다. 한 어기를 연장할 때마다 진급이 되며 늘어나는 보수 때문이다. 때때로 집에 가고 싶지 않으냐고 물었다. 그러면 가족이 그립긴 하지만 "아직"이라고 했다. 의지가 대단한 사람이었다. 제누디는 고향에서 아이들을 가르치던 교사였다. 대학을 졸업한 인도네시아의 고급 인력이다. 그래선지 배에서 알려주는 모든 것에 대하여 습득이 빨랐다. 1갑원이란 직책을 얻고도 남았다

봉회는 제누디를 보며 느끼는 점이 많았다. 의지, 집념, 꿈 그리고 리더십 같은 것이다. 제누디는 자신보다 연장자가 많은데도 불구하고 인도네시아 선원, 아니 모든 동남아 선원의 리더였다. 이제는 한국선원조차 제누디의 조언을 무시하지 못했다. 그렇다고 겸손하지 않은 것도 아니었다. 언젠가 제누디와 허심탄회하게 마음을 털어 논 적 있었다. 그때 제누디는 말했다. 사람은 똑같다고. 지금이야 배를 타는 선원에 불과하지만 인격적으로 무시당하는 것은 싫다. 살아가며 후회할 일을 하지마라. 우리는 우주 속을 떠도는 먼지 같은 고독한 존재다. 2항사가 나보다 특별하게 나은 것은 없다. 존재는 존재 그 자체로 빛나는 것이다. 상대방의 명예를 존중해라. 알라가 지켜보신다고 했다. 봉회는 제누디 말에 깜짝 놀랐다. 한국 선원들에게서는 전혀 들을 수 없는 이야기였다.

투망을 위해 NET NO2 그물이 준비되었다. 망파가 난 그물은 미처 수리를 마치지 못했기 때문이다.

선미트롤에서는 망파를 대비해 보통 두 세트이상 그물을 준비한다. 그래야만 예망에 지장이 없었다. 바닷속에 아무리 고기가 많다고 해도 그물이 들어가야 고기를 잡았다. 게다가 다섯 손가락이지만 길고 짧은 것이 있듯 같은 설계도로 제작된 그물이더라도 고기가 잘 잡히는 그물이 있고 그렇지 못한 그물이 있었다. 당연히 선장은 고기가 잘 잡히는 그물을 선호했다. 그 그물을 물에 넣어야 했다. 망파난 그물 수리에 집중했건만 역부족이었다. 망파가 심했다. 어쩔 수 없이 NET NO2 그물을 준비했다. 그 준비 과정이 봉회가 들었던 크레인 소리였다.

망파가 난 그물이 수리되었더라면, 폭탄은 부착했던 자리에 그대로 고정하면 되었다. 하지만 그물이 NET NO2로 바뀌었다. 폭탄 부착장소에 고정로프를 새로 만들어야만 했다. 봉회가 폭탄을 들고 뜸줄로 다가가자 제누디가 다가왔다. 제누디는 씩 웃으며 한 손으로 목을 그었다. 선장에게 작살 안 났나? 라는 의미였다. 또 폭탄에 물 집어넣으면 죽는다, 라는 뜻이기도 했다. 봉회는 지랄한다는 의미로 주먹을 쥐어 보였다. 제누디도 따라 주먹을 쥐었다.

"아버지가 미역국을 자셨대?"

박 선장이 슬쩍 봉희를 긁었다.

"예. 지난밤에 전화해서 여쭈어봤습니다. 두 그릇이나 드셨답니다."

"보면 알지."

어군탐지기를 뚫어져라 바라보는 박 선장 입가에 희미한 미소가 나타났다 사라졌다.

"하드 포트해서 230도 스태디."

박 선장이 신중히 조타명령을 내렸다. 봉희는 힘차게 조타륜을 왼쪽으로 전타했다. 라다인디케이터 지침이 급속히 왼편으로 돌아갔다. 배는 전속으로 달리고 있어 잠시 왼편으로 기울다 오른쪽으로 기울어졌다. 킥 현상으로 부하가 걸려 쿵쿵거리는 엔진 소리가 더 무거워졌다. 이때 배의 균형이 안정되지 않으면 배는 중심을 잃고 전복이 된다. 이와 같은 사고로 많은 배가 침몰했다. 대형의 인명사고를 불러왔던 로로여객선 세월호 같은 경우다.

뱃머리가 급속하게 회두를 하자 뱃전에 부딪치는 파도로 물보라가 날려 브리지 창에서 흘러내렸다.

어군탐지기에서 수심이 사라졌다. 배의 선회 반경으로 인해 해산에서 벗어났다.

도화돔과에 속하는 알폰시노 서식지는 저질이 불량한 해산 꼭대

기다. 야간에는 군집이 되지 않았다. 게다가 나미비아나 모리셔스 인근 해산에서만 어획되었다. 한국 시장에서는 시판조차 않고 일본으로 전량 수출하는 고가의 물고기였다. 미차체장으로 30~40센티미터 짜리가 중심 사이즈로, 루비 같은 눈에 투명한 지느러미와 선홍빛 몸체를 가졌다. 이들은 주로 구이와 초밥의 재료로 팔려나갔다. 알폰시노의 어장을 알고 있는 선장이 몇 안 될 정도로 비밀에 싸인 놈이다. 뉴질랜드에서 어획하는 오렌지러피와 같은 전설의 물고기였다. 일본원양수산업계에서 대외비로 관리하던 정보로 작업을 시작한 지 두 해밖에 지나지 않았다. 한국원양수산업계 입장에서는 신어법, 신어장의 개척이었다. 조업에 성공하여 경제성만 확인하면 대박이었다. 박 선장은 원양수산업계의 전설이 되는 것이며 봉회 또한 전문가로서 인정받기는 마찬가지다. 조업 결과는 성공적이었다. 경제성에서도 문제가 없었다. 수요가 급증해 물량이 딸렸다. 금값에 버금가는 어가도 고공행진 중이다. 얼마 남지 않은 계약이 종료되면 목돈을 단단히 챙길 수 있었다. 게다가 박 선장은 은퇴를 선언했다. 그렇게 되면 알폰시노 어장 정보를 알고 있는 사람은 1항사와 봉회뿐이었다. 1항사가 배를 받아 선장으로 진급할 것을 예상하고 벌써부터 업계에서는 알폰시노 조업의 성공이 떠돌고 조업선 투입을 고심하는 회사도 있다. 당장 1항사로의 스카웃 제의도 있었다. 게다가 선장으로 진급하는 1항사가 자기와 함께 하자했다. 선장의자를 물려준다는 뜻이기도 했다. 그러면 무엇보다 동기들보다 빨리 선장이 될 수 있는 기회였다. 그렇게만 되면 아버지의 한도 풀어드릴 수 있다. 참고, 또 기다렸던 결실이다. 과거는 현실과 닿아 있었다. 미래도 현실 속에 있다. 알폰시노는 봉회의 미래였다.

"하드 스타보드."

박 선장 예측을 벗어나서였는지 해산은 나타나지 않았다. 실망할 필요는 없었다. 다시 찾으면 되었다. 다시 한 번 회두한 배는 전속으로 물결을 갈랐다. 어군탐지기에서 눈도 떼지 않은 채 박 선장이 생수를 찾았다. 해산이 나타나지 않아 조바심을 태우고 있었다. 박 선장은 연거푸 담배를 피워 물고 있다. 아침도 건너뛰고 마신 커피만 해도 벌써 넉 잔이나 되었다. 삼백육십오일 밥만 먹으면 하는 일이지만 박 선장은 투망할 때마다 전력을 쏟아붓는다. 어쩌면 오랫동안 혼자 물고기 수렵으로 바다에서 살아왔기 때문인지도, 그럴지도 모른다.

봉회는 회두가 끝난 배를 "스태디!"하고 복창하며 선미갑판을 보았다. 전속으로 달리는 배의 항적이 흰 거품에 쌓인 채 일직선으로 뻗었다. 흰 항적 위로 먹이를 찾아 몰려드는 알바트로스와 페트럴이 무리를 이루어 선회했다. 그리고 투망을 기다리는 갑판원들의 긴장된 얼굴도 눈에 들어왔다. 투망의 실수는 곧바로 안전사고로 이어지기 때문이지만, 박 선장만큼 선원들도 만선을 기다렸다. 바다에서 뱃사람이라면 돈은 두 번째였다. 첫 번째는 만선이다. 만선에 대한 선원들의 열망은 용광로 안에서 끓고 있는 쇳물처럼 뜨거웠다. 만선을 하게 되면 돈은 자연히 따라왔다. 서로 맡은 일은 달랐지만 그들이 꾸는 꿈은 같았다.

마침내 어군탐지기에 수심이 나타나기 시작했다.
1,500… 1,350… 1,200 봉회는 빠르게 수심을 복창했다. 스톱워치를 들고 있는 손목의 긴장이 손아귀로 전해졌다.
수심은 더 이상 낮아지지 않고 해산의 정상 부근인 500미터를 가리켰다. 박 선장이 마크를 외쳤다.
"마크!"
봉회는 복창소리와 동시에 스톱워치를 꾹 눌렀다. 스톱워치의 초침이 빠르게 돌아가기 시작했다.
해산 정상에는 알폰시노 어군이 저질에서부터 25미터 높이까지 봉수대의 불처럼 피어올라 있었다. 봉회는 마른침을 꿀꺽 삼켰다. 조금 때라 기록은 예상은 했지만 상상 이상이었다. 배는 빠르게 해산의 정상을 가로질렀다.

"마크!"

봉회의 복창 소리가 긴장으로 가득한 브리지를 울렸다. 해산 정상의 수심이 깊어지고 있었다.

"얼마야?"

"2분 35초입니다."

스톱워치 시간을 확인하는 박 선장 목소리가 긴장되어 있었다. 노련한 박 선장이 긴장하기는 꽤 오랜만이었다. 그만큼 어군이 대군이었던 탓이다. 예망에 성공만 하면 전날 실패한 어획을 만회하고도 남았다. 봉회 또한 같았다. 2분 35초란 대어군이 주는 압박감은 봉회가 연두를 처음 만나던 날처럼 가슴을 쿵쾅거리게 했다.

봉회에게 연두는 언제나 떨림이었다. 지난밤만 해도 그랬다. 술에 취한 봉회가 넋두리를 늘어놓자 연두는 막 샤워를 끝냈다고 했다. 연두는 눈을 감고 크게 심호흡을 해보라고 했다. 자기의 벗은 몸을 생각하며. 봉회의 입술에 입을 맞추었다고 했다. 연두는 느낌이 전해지냐고 물었다. 위성을 사용한 전화임에도 불구하고 봉회의 가슴 깊은 곳에서부터 여유로움과 함께 따뜻함이 밀려나왔다. 통화를 하지 못해 치밀었던 봉회의 화가 순간에 사라졌다.

연두를 처음 만나던 날이 떠올랐다. 일요일이었다. 무슨 이유에서인지 봉회가 우울했던 날의 오후이다. 집 앞을 터덜터덜 걸어가고 있는데 맞은편에서 다가오는 소녀가 있었다. 교복을 단정하게 차려

입은 여학생이었다. 그런데 가까이 다가오는 그녀 머리 위로 오로라 같은 광채가 빛났다. 봉회는 눈이 시려 얼굴을 똑바로 쳐다볼 엄두가 나지 않았다. 이윽고 봉회 곁을 그녀가 스쳐 지나갔다. 봉회는 그녀의 뒷모습을 오랫동안 쳐다보았다. 두근거리는 가슴을 진정시키려 안간힘을 썼다. 그날 이후 연두는 봉회에게 떨림이 되었다.

그날의 감동과는 질이 다르지만, 시푸른 심연의 바닥으로부터 붉은색 광휘에 싸여 불쑥 불쑥 나타나는 알폰시노 어군은 2항사 임무 수행 중 또 다른 떨림으로 봉회를 흥분시켰다.

박 선장은 선원들에게 투망 준비 명령을 내렸다. 그러자 정적으로 가득했던 선미갑판이 긴장감으로 팽팽해졌다.

겔로스 밑 드럼 곁의 인도네시아 선원 수리얀토가 코드엔드와 연결된 레고 라인을 팽팽하게 감은 상태에서 렛고 명령을 기다렸다. 브리지 뒤편 윈치실에서도 윈치드럼을 고정하고 있던 에어브레이크 해제하는 에어 소리가 푹푹 하고 들렸다. 곧이어 윈치드럼을 움직이기 위해서 전동모터가 굉음을 내며 돌아갔다. 봉회는 이렇게 물고기를 노리는 순간이 좋았다. 말초신경 끝까지 잡아당기는 긴장감에 바다에 갇혀 있다는 생각은 한꺼번에 해소되었다. 시원의 해원으로 수렵에 나선 선사인이 포획물 목줄기를 향해 창을 던지기 직전의 기분, 그러니까 자신이 살아 있다는 느낌이 돌풍처럼 온몸을 휩쓸기 때문이다.

"돌려."

박 선장의 짧은 조타 명령이 브리지를 울렸다. '윌리암스 턴'이 시작되었다. 사실 윌리암스 턴은 조난당한 익수자를 구하는 방법이다. 바다에 빠져 표류하는 익수자를 한 번에 구조할 수 있도록 배를 정확에게 조선하는 방법이었다. 박 선장은 윌리암스 턴을 투망 위치를 정하는 것에 응용했다. 배는 지시에 의해 크게 왼쪽으로 회두했다. 잠시 어군탐지기에서 벗어난 박 선장의 시야는 선미갑판에서 뻗어져 나오는 항적을 노려보았다. 항적이 크게 원을 그렸다. 박 선장은 하드 스타보드라고 다시 외쳤다. 왼쪽으로 선회를 하던 뱃머리가 관성으로 인해 미끄러지듯이 오른쪽으로 돌아갔다. 급격한 조선으로 인해 몸이 중심을 잃고 이리저리 기우뚱했다. 봉회는 오른발에 힘을 주어 중심을 잡았다.

"마크!"

박 선장은 얼굴을 돌려 봉회를 보며 외쳤다. 봉회는 스톱워치 지침을 큰소리로 복창했다. 점점 고조되는 긴장감 속에 5초, 10초, 15초… 45초를 복창하자 박 선장은 가만히 앰프 마이크의 키를 눌렀다가 떼었다. 삑 하는 공명이 길게 들렸다. 봉회의 복창이 1분 20초를 막 넘을 때 박 선장이 힘껏 소리쳤다. 투망할 시간이었다.

"렛고!"

와르르 쿵쾅거리는 소리와 함께 슬립웨이 가깝게 쌓아놓은 그물이 쏜살같이 바다로 빨려 들어갔다. 그리고 얼마 지나지 않아 침강하는 그물에서 비행기 항적운 같은 흰 선이 나타났다. 네트레코더는 정상으로 작동했다. 그제서야 봉회는 긴장을 풀며 숨을 몰아쉬었다.

"두 그릇을 자셨긴 자셨네."

박 선장은 칭찬 대신 그렇게 표현했다. 박 선장 얼굴이 모처럼 밝아졌다. 그물이 해산의 정상에 정확히 착망했다. 알폰시노 기록은 군집에 군집을 더해 고추장이라 부르는 검붉은 색을 띠었다. 기록들은 네트레코더 모니터에도 나타났다. 코드엔드로 빨려 들어가는 알폰시노를 지긋이 바라보며 박 선장은 무릎을 쳤다. 확인할 것도 없는 대박이다. 지금까지 본 적이 없었던 대어군이다. 네트레코더를 지켜보며 봉회는 문득 이런 생각이 들었다. '인생은 알 수 없다.' 어제만 하더라도 엉망이었다. 그런데 그 실패를 만회하고도 남을 어획이 다음날 기다리고 있었다.

"그래, 두려워 할 필요는 없어. 순간순간 최선이 중요하지. 미래는 이미 현재에 머물고 있었던 거야."

봉회가 생각에 잠긴 동안에도 수평선에 떠오른 태양처럼 붉고 둥근 알폰시노 기록은 떼를 이뤄 코드엔드로 밀려들어갔다.

과메기, 魚

몸뚱이를 스쳐가는 바람이 헐겁고 차가왔다. 그녀는 기지개를 켜듯이 지느러미를 펄럭거렸다. 하지만 느낌뿐이었다. 의문에 찬 그녀의 시선이 한 곳에서 멈추자 자신도 모르게 입이 벌어졌다. 대체 무슨 일이 생긴 것일까. 가슴지느러미가 보이지 않았다.

그녀는 밍크고래에게 포식의 표적이 되었다. 오야시오 해류가 뒤섞이는 수렴대였는데 난바다곤쟁이를 쫓고 있었다. 생명을 부지하려면 먹어야 했다. 살기 위해서 먹이를 찾아 헤매고 그러다가 먹고 먹히는 일은 모든 생물이 가진 숙명이었다. 불행하게도 그녀는 그곳에서 밍크고래와 맞닥뜨렸던 것이다. 천적을 만나리라고는 생각조차 못한 장소였다.

그녀는 죽어라고 도망을 쳤다. 지느러미가 찢어져라 헤엄치는 탓에 고통스러웠다. 그녀는 자신도 모르게 짧은 신음을 흘렸다. 잠깐 사이에 함께 먹이 사냥을 나섰던 주변의 꽁치들이 사라졌다. 물기둥을 뿜어내는 밍크고래 분기는 마치 천둥과 같았고 길게 늘어뜨린 수염 뒤편의 시커먼 목구멍은 무저갱처럼 깊고 어두웠다.

몸을 숨길 암초도 없는 망망대해에서 포식자의 배고픔을 피한다는 것은 불가능에 가까웠다. 하물며 밍크고래라면, 죽음이 보낸 사신이나 다름없었다.

두려움에 질린 등지느러미가 점점 남청색으로 변해갔다. 그녀가 이렇게까지 포식자 앞에 노출되긴 단연코 처음이다. 이럴 때일수록 냉정해야 한다고 생각했지만 꼬리 끝까지 다가온 죽음의 기세가 너무도 생생했다. 마치 빙점으로부터 시작된 얼음이 바닷물을 얼리고, 자신의 몸뚱이마저 뒤덮은 것처럼 미친 듯 흔드는 지느러미가 조각조각 부서져 떨어지는 것 같았다.

그녀는 밍크고래 수염 끝이 꼬리지느러미에 닿으려는 순간 악하는 비명과 함께 해면으로 뛰어 올랐다. 멀지 않은 곳에 작업등 불빛이 보였다. 경황이 없다고는 하지만 잘못 볼 리 없었다. 그래 저곳이다. 그녀는 어선의 불빛을 향해 필사적으로 꼬리를 흔들었다.

그녀는 주변을 둘러보았다. 고만고만한 작은 고깃배가 선창에 묶여 있었다. 한낮인 탓에 포구 안은 윤슬이 반짝거렸다. 허공에는 높게 날고 있는 갈매기와 '과메기축제'라고 쓴 애드벌룬이 붉게 빛났다. 그리고 파도가 철썩이는 선창을 따라 줄지어 들어선 덕장에는 대꼬챙이에 꿰어진 꽁치 무리가 있었는데 만사가 귀찮다는 듯 깊은 생각에 잠겨 있었다. 어디선가 비린내와 뒤섞인 사람들 땀 냄새도 흘러들었다.

"과메기다."

여섯 살이나 되었을까? 그녀를 향해 다가오던 여자아이 목소리가 곤혹스러웠다. 과메기라니? 저 아이는 대체 무슨 까닭으로 자신을 과메기라 부르는지 이해할 수 없었다. 생각이 뒤엉켜지며 혼란스러웠다. 자신은 과메기가 아니라 꽁치였던 것이다.

"맛있겠네."

그러거나 말거나 여자아이는 그녀를 위아래로 천천히 훑어보더니 입맛까지 다시며 말했다.

"맛있지."

웅성거리는 소리가 들리며 한 무리의 사람들이 다가왔다. 그들 중에서 중후한 체구를 가진 사내 목소리가 들렸다. 과메기 재료는 옛날에는 청어를 썼어. 과메기는 청어 눈을 꿰어 건조한다고 하여 붙여진 이름이지. 그러면서 사내는 설명을 더했다. 지금은 청어가 없어 꽁치를 원어로 사용하는데 과메기용 꽁치는 원양봉수망에서 잡은 물고기라고 했다.

사내 곁 여자가 입가에 미소를 띠며 대꾸를 했다. 그럼, 신토불이가 아니네? 사내는 이마에 굵은 주름을 지으며 공감을 나타내었다. 그러면서 연안에서도 자망 꽁치가 어획되지만 사이즈가 작고 비만도가 떨어져서 통조림용으로만 판매한다고 했다.

"이 물고기가 꽁치예요? 진짜, 아빠가 잡은 것 맞아요?"
"그럼."
계집아이 의심을 눈치 챘는지 사내 목소리에는 힘이 실려 있었다. 그녀는 그 목소리가 낯설지 않았다. 그건 밍크고래 추격을 피해 뛰어든 불빛에서 갑판 작업을 지휘하던 갑판장의 목소리였다.

집어등 아래에는 수많은 꽁치들이 모여들었다. 그녀처럼 천적에게 쫓긴 무리와 난바다곤쟁이를 사냥하기 위해 모여든 무리, 그저 불빛에 유혹당한 무리로 물속은 북새통을 이뤘다. 다행히 밍크고래는 더 이상 쫓아오지 않았다. 그녀는 천적이 주는 공포가 사라지자 주변을 이리저리 살펴볼 여유가 생겨났다. 꽁치들은 어림잡아도 삼십 톤에 가까웠다. 꽁치들은 뱃전을 따라 빙글빙글 돌았다.
한 시간이나 지났을까. 희게 빛나던 작업등이 순식간에 붉게 바뀌었다. 바닷물이 마치 토마토 즙을 풀어놓은 것처럼 벌겋게 변했다. 대낮같이 희게 보이던 바다가 붉게 변하자 혼란에 빠진 꽁치들은 빙글빙글 돌던 방향을 잃고 상대방을 왁살스럽게 찔러댔다. 부딪쳐 떨어져 나온 꽁치 비늘이 작업등에 반사되자 루비처럼 빛났다. 그 순간 정신을 놓쳤던 것이다. 그녀가 갑판장의 목소리를 듣는 순간 스멀스멀 기억들이 떠올랐다. 그녀는 자신에게 일어난 일을 차근차근 되짚어보았다.

해초가 무성한 암초다. 그녀는 암초 그늘 곁에서 벌벌 떨고 있었다. 곰곰이 살펴보니 대가리가 몸의 절반을 차지하고 있는 갓 부화한 모습이었다. 천적이 두려워서라기보다는 치어의 본능적인 떨림이었다.

암초 바깥에는 눈알이 화등잔만 한 물고기가 있었다. 두 눈을 크게 뜨고 화가 난 듯 노려보고 있었는데 갈색 얼룩무늬로 살갗을 위장한 대구 중치였다. 그녀를 먹이로 삼으려는 수작일 수도 있었다. 천적인 대구가 없었다면 여느 해초 숲과 다를 바가 없는 안전지대였으나, 바투 붙어선 꽁치 치어가 눈치 없게 어찌나 지느러미를 펄럭거리는지 머리통마저 지근거렸다. 그때 슬금슬금 다가오던 대구가 아가리를 쩍 벌리자 꽁치 치어는 그대로 대구 목구멍 속으로 사라졌다. 언뜻 보이는 시커먼 목구멍이 무저갱처럼 깊었다. 그녀는 암초 해초 숲으로 재빨리 몸을 숨겼다.

"저놈, 대구새끼가."

태어난 지 일주일 남짓 되었을 뱀장어 치어가 분노에 차서 악다구니를 질렀다.

천적의 먹잇감이 된다는 것은 모든 물고기의 미래이다. 그건 바다에서 살아가야 하는 것의 운명이기도 했다. 일평생 바다를 활주하다 파도로 소멸되는 신천옹의 깃털이나, 사랑하는 여인을 남겨두고 항해하다 조난을 당하는 마도로스의 출항 또는 광기에 걸렸던 열대성 저기압이, 시베리아고기압을 만나 슬그머니 사라지는 태풍이기도 했다.

이건 무엇이란 말인가? 그녀는 왜, 자신이 그런 알 수 없는 고민에 매달려야 하는지 알고 싶었다. 그저 곁의 꽁치처럼 배고프면 먹이 사냥에 나서고 그러다가 피곤해지면 지느러미를 접고 해류 흐름을 타면 그만인데 말이다.

"나는 무엇일까?"

그녀의 끝없는 의구심은 몸뚱이가 자랄수록 따라서 커져만 갔다. 시간이 흘러가며 난황을 벗어버리자 몸뚱이의 은빛 비늘도 청회색으로 변해가며 광택을 띠었다. 뭉뚝했던 대가리는 파도를 헤치기 좋도록 뾰족하게 돌출되었고 검었던 주둥이 색깔도 노란색으로 바뀌었다. 게다가 가슴지느러미와 등지느러미까지 돛처럼 단단하게 굳어졌다. 하지만 자신을 아무리 살펴봐도 여타 꽁치와 다른 곳이 없었다. 그런데도 그녀는 다른 꽁치와 달랐다. 그녀는 궁금했다. 눈에 보이는 사물을 인지하면 그 근원에 대하여 알고 싶은 생각을 떨쳐내지 못했다. 그런 생각들이 항상 머리에서 맴도는 것이 혼란스러웠다. 그녀는 자신과 같이 궁금함에 빠진 동료를 찾아야만 했다. 그녀가 가진 의문에 흥미를 가지고, 물어봐 주고 꼬리를 흔들어 호응해주는, 무언가의 정체에 대하여 대화할 누군가를 만나길 원했다.

 그녀가 무언가에 대하여 사로잡히는 순간부터 동족의 꽁치들과는 멀어졌다. 동족들은 그녀 뒤통수에 오히려 비난의 웃음을 보냈다. 그녀는 먹고 자고 다시 먹는, 먹이밖에 관심이 없는 동족들이 불쌍해졌고 때로는 불끈불끈 화마저 치솟았다. 결국 외톨이가 되었다. 그녀는 무리들과 어울리지 못하고 쓸쓸해졌다.

 암초는 치어의 세계였다. 갈조류 해초 숲이 짙게 우거지고 북극해에서 만들어진 영양염류가 로마로소프 해령에서부터 흘러와서 암초에 부딪쳤다. 오랜 세월 동안 해류가 부딪치며 깎여나간 암초 주변엔 동물성 플랑크톤이 풍부했다. 그런 까닭으로 다른 어족의 치어까지도 배고픔을 느끼지 못했다.
 그녀의 뼈대는 굵어지며 단단해졌다. 다른 어족의 치어들 또한 비슷하게 성장했다. 다른 점이 있다면 그녀는 암초 곁을 더 오랫동안 벗어났다가 돌아왔으며, 더 깊이 잠수를 했다. 더 넓게 암초 주변을 돌아다니며 자신과 닮은 친구를 찾기 위해 노력했다. 그녀는 만나는 물고기마다 '안녕하세요?' 라는 인사말을 건넸지만 대부분은 묵묵부답이었다.
 그녀는 답답함으로 미쳐 버릴 것만 같았다. 그녀는 암초 주변을 돌고 돌았다. 도저히 이렇게 살 수는 없었다. 마침내 그녀는 암초 주변을 벗어나기로 결심했다. 그녀는 더 넓은 미지로의 여행을 꿈꾸기 시작했던 것이다.

그날은 무언가에 홀린 것처럼 가슴이 들끓어 올랐다. 그렇게 말초신경이 뜨거워졌을 때 무언가가 그녀에게 중얼거렸다. 떠나라는 뇌리의 지시가 온 몸뚱이를 흔들었다. 그녀는 그 뜨겁고 뜨거운 느낌에 저항할 수 없었다. 드디어 그녀는 암초를 벗어났다. 사실 이런 순간을 기다렸다. 아침 식사를 위해서 먹이를 사냥할 때면 천적의 습격보다는 어디론가 훌쩍 떠나는 모습을 상상하곤 했다. 천적인 대구 중치를 만나 무저갱으로 떨어진다고 해도 어쩔 수 없었다. 우선은 마음이 시키는 대로 하는 것이다.

그녀는 등지느러미를 범고래 등지느러미처럼 세우고 황새치처럼 가슴지느러미로 수평을 잡았다. 그리고 참다랑어처럼 힘차게 꼬리지느러미를 좌우로 흔들었다. 암초 곁을 벗어나자 냉기를 가득 품은 북극해의 오야시오 해류가 덮쳐왔다. 일순간 당황했지만 침착함을 잃지 않았다. 그녀는 암초 주변과 동족의 꽁치들을 돌아보지 않았다. 그녀는 앞으로, 앞으로 나아갔다.

그녀는 갈조류 숲을 벗어나지 않도록 조심하며 낮이면 태양을, 밤이면 북극성을 이정표 삼아 헤엄쳤다. 괭이갈매기 눈을 속이기 위해서는 진액을 더 만들어 등지느러미를 푸르게 위장했다. 심연에 잠복하고 있다가 덮치는 홍연어 이빨을 피하기 위해서는 구름이 만든 그늘을 벗어나지 않게 신경을 곤두세웠다.

바람이 불지 않아 유영하기에는 최적의 날씨였다. 그렇다고 위험이 전혀 없었던 것은 아니었다. 문득 섬뜩함이 느껴져 둘러보면 모노상어가 이빨을 딱딱거리며 곁을 지나갔다. 모노상어의 먹잇감은 모래 바닥에서 눈알만 삐죽이 내민 넙치였다. 그녀는 안도의 한숨을 쉬었다. 자신이 살아남기 위해서는 어쩔 수 없는 상황이다. 어떤 때는 암초 구멍 속에서 기회를 노리던 곰치도 덮쳐왔다.

암초 끝이 부드러워지며 끝이 보였다. 그녀는 암초 뒤편에 다다랐다. 그곳은 그녀가 오랫동안 상상하고 있었던 풍경보다 훨씬 포근하고 평화롭게 느껴졌다. 이름을 알 수 없는 여러 종류 갈조류와 연산호가 두툼하게 자라고 있었는데 빠르고 강한 물결이 꿈틀꿈틀 뒤채며 와류를 만들고 있었다.

바닷물은 암초 주변보다 차가웠다. 오소소한 한기가 끝없이 밀려왔다. 갈조류 숲 바깥에서 무리를 이뤄 유영하던 방어들은 언제부터인가 보이지 않았다. 스쳐 지나가는 어족의 생김새도 전혀 달랐다. 짐작하건데 삼숙이라든가, 등가시가 날카로운 볼락 또는 온몸을 붉게 물들이고 있는 열기와 같은 어족뿐이었다. 그녀는 안녕하세요, 하며 유쾌하게 인사를 건넸다.

"안녕."

뜻밖에도 들릴락 말락 대꾸하는 소리가 들려왔다. 그녀의 시선이 소리가 들려오는 방향으로 향했다. 멀리 암초와 암초 사이의 어둑한 그늘이었다. 게르치가 대가리를 내밀고 그녀를 쳐다보고 있었다.

"넌 누구니?"

게르치가 물었다.

이렇게 살 수 없다고, 암초를 벗어나야 한다고 무언가가 그녀를 부추겼다. 정체를 알 수 없는 것이었다. 떠나자. 마음이 시키는 대로 하자. 천적의 먹이가 되어도 어쩔 수 없는 일이다. 그런 이유로 떠나온 암초였는데 이처럼 인사를 받아주는 물고기를 만날 거라고는 예상조차 못했다.

그녀의 서식지와는 십여 해리밖에 떨어지지 않았다. 어처구니없게도 가까운 곳에 자신과 비슷한 어족이 살고 있었다. 다만 성질이 서로 다른 수괴로 서식지의 경계가 만들어져서, 그런 까닭으로 존재를 모르고 있었던 것이다.

"우럭 할아버지가 남겨준 집이야."

게르치가 위험하다며 해초 숲 사이로 그녀를 이끌었다. 그동안 신경을 곤두세웠던 터라 긴장이 풀리지 않았지만 그녀는 구석구석을 살펴보았다. 사슴뿔산호와 홍산호 조각을 차곡차곡 쌓아 만들었는데 믿기지 않을 정도로 훌륭했다. 밖에서는 입구가 가려져 있어서 안쪽은 보이지 않았다. 하지만 안에서는 입구의 바깥 풍경이 그대로 눈에 들어왔다. 무엇보다 천적을 경계하기에 더없이 좋은 장소였다. 게다가 발광하는 말미잘이 입구에 가로등처럼 서 있었다. 그 빛으로 해초 숲의 구석구석이 환했다. 그녀는 지금까지 마땅한 서식처가 없었다. 그야말로 갈조류 숲에 기대어 살던 노숙의 삶이었다. 살아남기에도 바빠서 서식처를 마련할 마음의 여유가 없었다. 하지만 게르치 서식처에는 따뜻한 기운이 넘쳤다.

현무암으로 된 자갈이 바닥에 카펫처럼 깔려있었다. 그리고 한 귀퉁이에 홍합 다섯 개와 난바다곤쟁이 세 마리가 널브러져 있는 것이 눈에 들어왔다.

게르치가 식사는 했느냐고 물었다. 그녀는 가슴지느러미로 배를 문지르면서 배고픔을 온몸으로 표현했다. 사실 암초 주변을 떠나서부터 그녀는 먹이를 전혀 구하지 못했다. 버둥거리는 홍합을 끌고 온 게르치는 우드득 소리를 내며 이빨로 껍질을 깨트렸다.

그녀는 게르치의 권유를 마다않고 게걸스럽게 먹기 시작했다. 홍합은 그녀가 먹어보지도 못했던 훌륭한 식사였다. 하지만 게르치에 대한 경계심을 완전히 풀지 못했다. 마치 오랫동안 교류해온 친구처럼 게르치가 안녕이라고 하지 않았던가. 그럼에도 그녀의 의심은 사라지지 않았다. 자신과 다른 어족에 대한 이질감 때문이었다.

"맛은 어때?"

게르치가 그녀에게 물었다.
"맛있어."
암초의 그늘에선 난바다곤쟁이를 상식하던 그녀였다. 게르치는 그녀의 신상을 궁금해 했다. 그녀가 허겁지겁 식사를 하는 동안 게르치는 주변을 돌며 위협이 될 수 있는 가시라든가 다른 것을 지니고 있는지를 탐색했다. 비록 덩치가 작은 꽁치에 불과했지만, 생각 외로 위험한 놈일 수도 있었다. 바닷속 세상에서 삶의 방향을 유지하고 그런 삶을 지켜가기 위해서는 비장의 무기는 하나 정도 가지고 있기 때문이다. 온몸으로 전기를 만들어 내는 전기가오리나, 쏠배감펭처럼 가시로 독을 품어 내는 것처럼. 자신이 미처 발견하지 못한 위험이 있는지를 게르치는 그녀를 주의 깊게 살폈던 것이다.

식사를 끝낸 그녀는 게르치를 만나기까지의 경과를 들려주었다. 언제부터인가 자신의 존재를 느끼게 되었으며 자신의 행동을 이해하게 되었다고 했다. 게르치는 아가미를 벌렁거리며 그런 생각이 언제부터 들기 시작했느냐고 물어보고 짧고 뭉툭한 가슴지느러미를 흔들며 자신도 그랬다며 호응했다.

게르치와 함께하는 시간은 빠르게 흘러갔다. 그녀는 새로운 환경에 적응했다. 이번엔 게르치가 이야기를 꺼내 놓았다. 그녀와 같은 어족이 또 있었는데 늙은 우럭이었다고 했다. 이곳 터줏대감이었지만, 먹히고 먹는 운명의 무게는 피해내지 못했다고 했다.

"우럭이 있었다고요?"
그녀는 우럭이라는 소리에 놀라서 되물었다.

늙은 우럭이 들려준 말에 의하면 태평양에는 북극해로부터 빙하 녹은 차가운 바닷물이 남쪽으로 흐르는 오야시오와 열대 따뜻한 바닷물이 북쪽으로 거슬러 올라오는 쿠로시오가 있는데 두 해류가 계절에 따라 남쪽으로 흘렀다가 다시 북쪽으로 흐른다고 했다. 베링해의 모든 물고기는 두 해류의 영향 아래에서 태어남과 죽음을 반복하는데 그녀가 느끼고 있는 차가움이야말로 오야시오 해류가 강해지는 징표이며 게르치 자신은 곧 이곳을 떠날 때가 되었다는 것이다. 그녀는 게르치의 말에 공감이라도 하듯 꼬리지느러미를 끄떡였다. 그랬다. 게르치는 매일매일 안식처를 벗어나 바닷물 흐름의 세기를 측정했고 얼마나 빨라졌는지를 확인하려 턱밑 수염을 맹렬하게 흔들어보곤 했다.

언제부턴가 바닷물에서 등뼈까지 저리는 차가움이 느껴졌다. 차가움은 매일매일 강도를 더해갔다. 그럴 때 그녀가 해수면 밖으로 대가리라도 내밀면 따뜻한 남쪽으로 날아가는 바닷새라든가 철새들의 긴 행렬이 보였다. 게르치를 만나고 겨우 며칠이 지났을 뿐인데 울창하게 숲을 이루던 갈조류도 몰라보게 시들어갔다. 암초 주변에서도 대구나 명태 그리고 임연수어 같은 물고기와 그녀를 노리던 돌돔 같은 천적들도 감쪽같이 사라져버렸다. 미지의 세계로 떠나가는 천적의 지느러미가 때로는 장엄하고 비장하게 보였지만 알고 보면 본능에 충실한 행위였다. 서식지 입구에서 가로등처럼 빛나던 말미잘의 발광도 점점 흐려지며 주변은 점점 적막에 싸여 갔다.

"지금이야."

게르치 얼굴에는 쓸쓸한 그림자가 어른거렸다. 그녀도 그런 느낌에 사로잡혔던 적이 있었다. 그렇게 암초 주변을 떠났던 것이다. 물론 그때와는 다르지만 무슨 말을 해야 할까? 떠난다는 게르치를 말릴 수 없었다. 그래봤자 소용없다는 것을 알기 때문이다.

"어디로 갈 건데."

"코르사코프."

"일분지 해류를 타는 거네. 일분지 해류에는 귀신고래가 다니는 길과 겹쳐 있다는데 위험하지는 않을까?"

"위험하겠지."

늙은 우럭 이야기는 오야시오 해류는 베링 해를 기점으로 하여 세 가지 해류로 갈라진다고 했다. 첫 번째는 일분지라 부르는 바닷물로 캄차카 대륙붕에서 블라디보스토크 연안을 거쳐 한국의 장생포 앞까지 흐른다고 했다. 두 번째는 이분지라는 바닷물로 일본 북해도 해안에서 일본 동해안을 따라 동경만까지 이른다고 했다. 마지막 세 번째는 삼분지라는 바닷물인데 삼분지는 이곳에서부터 동남 방향의 태평양 공해에 있는 수렴대로 흘러든다고 했다.

그리고 코르사코프는 일분지가 흘러가다 마주치는 사할린 항구였다. 게르치는 치어였을 무렵부터 이상하게도 코르사코프란 지명이 머릿속을 맴돌았다고 했다. 자신의 전생은 아무르 강을 거슬러 오르던 백연어거나 오호츠크해에서 산란하는 뱀장어였을 거라며 웃었다.

"너는?"

게르치는 그녀를 걱정하듯 물었다. 그녀는 게르치와 함께 일분지 해류를 타려 했다. 그러나 단념했다. 게르치 말을 듣고 더 넓은 곳으로 가고 싶었다. 그건 삼분지 해류를 타는 일이었다.

많은 꽁치들이 일분지 해류를 타고 한국의 장생포 연안까지 간다. 한국의 동해안 어부들이 손꼽아 기다리는 손꽁치였다. 그들은 장생포 연안까지 회유해서 산란하고 생명을 다했다. 이런 습성을 알고 있는 어부들은 꽁치들이 이동하는 물목에다 조그만 배를 띄워 놓고 뱃전을 수초나 모자반으로 위장했다. 그리고 해초 숲에 손을 담근 채 무작정 기다렸다. 그러면 꽁치들이 손가락 사이로 들어와 해초인 줄 알고 몸을 비빌 때 그냥 주워 담았다. 일분지 지류에 편승한 대부분의 손꽁치들은 그렇게 생을 마감했다.

"나는 삼분지 지류를 타고 더 넓은 바다로 가보고 싶어."

게르치는 의외라는 표정으로 그녀를 바라보았다.

"그냥, 바다로 나간다고."

그녀는 등지느러미를 으쓱하며 게르치 흉내를 내었다.

"위험하겠지."

"……."

마치 그게 너의 삶이라면 그렇게 하라는 듯 게르치는 더 이상 말을 하지 않았다. 그녀는 자신의 계획에 대하여… 태평양 공해로 나아가서 날짜변경선 경계를 넘겠다고 말하고 싶었으나 바보 같을까 봐 참았다. 침묵이 흘렀다. 결국 그녀가 암초 건너편을 떠나 올 때처럼 게르치는 암초 뒤편으로 떠났다. 게르치가 떠난 해초 숲은 설명할 수 없는 무거움으로 휩싸였다. 암초 주변에서 성장통을 치루며 홀로 앓았던 그녀의 외로움과 절망감은 아무것도 아니었다.

그녀는 가슴지느러미의 비늘이 빠지는 심한 가슴앓이에 시달려야 했다. 포식자를 경계하며 가수면의 선잠에 들 때면 식은땀까지 주룩주룩 흘렸다. 그녀는 하루하루를 간신히 버텨냈다. 그러다가 또 다른 게르치 그림자만 봐도 게르치가 다시 돌아온 것 같아서 붙잡을 수 없는 감정에 휩싸였다. 가슴이 쿵쾅거렸다. 그녀는 외로움을 견디려 버둥거렸다. 그러나 나날이 몸피를 불려오는 외로움은 거대한 해일과도 같았다. 이미 떠난 게르치를 기다리다니, 가슴속에 서부터 게르치와 함께한 추억이 밀려나와 목구멍에 턱턱 걸렸다.

그날은 10월이 시작되는 첫날이었고 그녀를 위한 것처럼 보름달이 중천에 걸렸다. 노란 달빛에 파도가 유리가루를 뿌려 놓은 듯 반딧불이처럼 반짝거렸다. 갑자기 '지금이다'라는 소리가 머릿속을 스쳐갔다. 무모하다고 할 수밖에 없는 그녀는 망설이지 않고 삼분지 지류에 몸을 실었다. 앞으로 자신에게 다가올 일을 예측할 수 없기에 두려움이 일었지만 주둥이를 꽉 다물었다. 그리고 심호흡을 크게 하자 마음이 차분하게 가라앉았다.

삼분지 지류의 흐름이 얼마나 세차던지 꼬리지느러미는 아예 움직일 필요조차 없었다. 이따금 아가미를 뻐끔거려 산소만 채집하면 되었다. 무엇보다 다행인 것은 차가운 바닷물 탓이기도 했지만 그건 삼분지 지류를 선택해 망망대해로 나가고자 하는 어족이 별로 없기에 감때사나운 천적을 만나는 공포도 없었다.

그녀는 해수면에 등지느러미가 노출될 때까지 부상했다. 바람이 차가웠다. 그동안 느껴보지 못했던 풋풋한 나무 냄새가 바람에 실려왔다.

그녀는 삼분지 지류에 몸을 맡긴 채 먼바다로 흘러갔다. 표류하는 것이 아니라 해류를 거스르는 착각마저 들었다. 그렇게 먼 바다로 나아가며 시간이 흐르자 그녀는 다시 생기에 차며 활기를 찾았다. 게르치가 떠나며 남긴 우울증으로 절박한 때가 언제이던가? 기억조차 희미해졌다.

긴 촉수를 늘어뜨린 노무라깃해파리가 느릿느릿 유영하고 있었다. 의식이라도 치르듯 그녀는 꾸벅하고 인사를 했다. 노무리깃해파리는 푸른 촉수를 헤벌쭉거리며 인사를 받는 시늉을 했다.

그녀가 망망대해로 나갈수록 푸른빛이 얼마나 깊은지 지느러미와 몸뚱이를 부드럽게 휘어 감았다. 게르치와의 추억도 푸른빛에 바라져서 잊혀 갔다. 아니 잊어버리려고 노력했고 지워버렸다. 그러다 보니 언제 그런 일이 있었는지 기억조차 할 수 없게 되었다.

수심이 깊은 탓에 숨이 턱턱 막혀올 때까지 잠수를 해도 바다은 끝이 보이지 않았다. 그녀는 두렵지 않았다. 먹이를 구하지 못해 겪는 배고픔보다 심연의 바다에 닿을 수 없다는 게 오히려 안타까웠다. 그녀에게 먹는 행위는 중요하지 않았다. 먹는다는 것은 바다를 헤치는, 힘을 얻는 과정에 불과했다. 그러기에 의심과 적대감으로 먹이 찾기에만 혈안이 된 동족에게는 저항감마저 있었다.

바닷물이 따뜻해지자 대기의 온도도 따라 올랐다. 그러자 이곳저곳에서 무리를 지어서 허공을 향해 도약하는 날치들이 나타났다. 날치들은 파도의 끝에서 바람을 타고 물수제비처럼 허공을 날았다. 그녀는 파도에 휘청거리면서 날치의 흉내를 따라했다. 격렬하게 온몸의 중심을 가슴지느러미로 옮겨가며 꼬리지느러미를 흔들었다. 그렇게 수백 번의 실패 끝에 바람을 타는 방법을 깨우쳤다. 그녀가 그토록 열심히 날고자 한 것은 본능이 지시하는 무엇인가에 대한 욕구가 있었기 때문이다. 그건, 그녀가 느끼지 못하는 사이에 그녀의 뱃속에서는 알이 점점 자라고 있었던 것인데 그녀는 알을 지켜야만 했다. 마침내 파도 위를 적적하게 비상할 수 있게 되었다. 물론 날치처럼 몇백 미터까지 멋지게 비상하는 건 아니지만 스스로 만족했다. 그녀는 온 힘을 다해 앞으로 나아갔다.

천적은 예고도 없이 나타났다. 태평양 해상에는 미드웨이라는 군도가 있었다. 부속 섬에는 부비라는 바닷새가 둥지를 틀고 살았는데 쇠가마우지의 일족으로 그들의 먹잇감으로 정해지면 여간해선 뾰족한 부리를 벗어날 수 없었다. 그녀가 미드웨이 근해를 지나갈 때였다. 그녀의 방심을 노리고 수십 미터 상공으로부터 부비가 낙하했다. 그녀는 위험을 피하기 위해 오십 미터까지나 잠수를 했고 심해로부터 솟구치는 범상어 이빨을 벗어나기 위해서는 연거푸 수십 번 도약을 했다. 그러면서도 쉬지 않고 남하했다. 그러다가 다시 한번 사모아 근해에서 참치를 따돌리기 위해서 일백 미터 이상 공중부양을 경험하기도 했다. 그녀는 위험을 겪을수록 육체적으로도 성장을 했다. 때때로 고래회충이 그녀의 몸에 흉측한 촉수를 박아 넣고 영양분을 훔쳐가기도 했지만, 태평양을 유영하며 주둥이는 더 단단해졌으며 등지느러미와 가슴지느러미는 더욱 더 투명해졌다. 그리고 탄실하게 부풀어 오른 뱃구레에는 자신이 기대했던 것보다 더 많은 알로 가득 찼다.

"달이 뜨는 방향으로…."

그녀의 본능이 무언가에 홀린 듯 그렇게 지시했다.

"……."

그녀의 목적지가 쿠로시오와 오야시오가 부딪치는 수렴대로 바뀌어 있었다. 늙은 우럭이 전해준 이야기에 의하면, 그곳의 수렴대에서는 모든 어종의 물고기들이 사랑하고 산란한다고 했다. 그녀도 그곳에서 수컷을 만나야만 했다. 몹시 낯설긴 했지만 이상하고 미묘한 감정이었다. 그녀 자신을 자각한 느낌과는 다르지만 알 수 없는 초조감이 자신을 지배하고 있다는 것을 알았다. 그 느낌은 매일매일 되풀이 되었고 점점 강도가 강해졌다. 그녀는 파도를 헤쳐 나가며 생각했다. 도대체 이것이 무엇일까? 그것은 본능이었다. 그녀가 수렴대를 찾는 일은 본능이 이끄는 곳으로 따르기만 하면 되었다. 그곳은 그녀가 편승한 지류가 멈추어지는 곳이기도 했다. 그렇다고 수렴대가 그녀만의 공간은 아니었다. 태평양에서 삶을 영위하는 모든 물고기의 수렴대였다. 산란을 하고 먹이 사냥을 하고 성장을 하는 곳이었다. 게다가 먹이를 찾아 모여든 고래와 물개 같은 물짐승들마저 설쳐 대는 곳이었다. 풍요로운 곳이지만 그 이면은 거칠고 난폭했다.

그녀는 태풍을 두 번 겪고서야 수렴대에 도착했다. 그곳엔 이미 수많은 어족들로 북적거리고 있었다. 그녀는 주변을 배회하며 방출이 가까운 수컷을 찾기 시작했다. 그러다가 뿌리가 여전히 달려있는, 그래서 그늘이 드리운 야자나무 유목에서 말쥐치들과 함께 있는 건강하고 힘차 보이는 수컷을 발견했다. 그녀는 수컷에게 다가가 조심스레 꼬리지느러미를 흔들면서 배를 뒤집었다.

망망대해에서 떠다니는 유목은 갓 부화한 어린 치어나 휴식을 취하는 어족에게 산란장이고 쉼터였다. 그녀는 단박에 자신의 수컷을 알아봤다. 그녀는 수컷의 의중을 물어보고도 싶었다. 하지만 그런 물음은 하지 않았다. 수컷이 흔드는 지느러미가 모든 것을 다 말해 주었다. 수컷은 천천히 꼬리를 흔들면서 방시레 눈을 맞추어 주었다. 그녀는 수컷에게 다가갔다. 수컷의 눈이 거슴츠레해졌다. 그녀는 가슴지느러미로 수컷의 배를 조심스럽게 문질렀다. 마치 수컷의 볼을 만지듯 좌우로 쓰다듬었다. 비린 냄새의 점액질이 끈적끈적 묻어났다. 방출이 가까워졌다는 징조였다. 그녀는 수컷과 사흘을 함께 지냈다. 태양이 가장 하늘 높이 뜬 시간이었다. 수컷의 숨소리가 점점 거칠어졌다. 그녀가 수컷을 유목의 그늘로 이끌자 수컷이 입을 쩍 하고 크게 벌렸다. 그러고는 몸뚱이를 바르르 떨었다. 방출이 시작되었던 것이다. 수컷은 그녀를 깔고 앉아 정충을 흘려보냈다. 다섯 시간 간격으로 그녀는 알을 낳았다.

방출을 마친 수컷은 인사도 없이 심연으로 사라졌다. 마치 지상의 코끼리가 죽음이 임박해 오면 자신의 무덤을 향해 사라지듯이…
그녀는 다시 혼자가 되었다. 산란하는 동안 그녀의 푸르던 등가시가
거무죽죽하게 변했다. 사물을 느끼고 이해하던 능력도 사라지며 그
동안의 기억조차 가물가물해졌다. 고래회충에게 영양분을 빨린 곳
이 군데군데 검은 반점으로 생겨났다. 귀에서는 이명마저 들려왔다.
단단했던 주둥이는 가장자리가 부서져 너덜거렸다. 반쯤 떨어져 나
간 가슴지느러미와 주둥이 끝 노랑채도도 엷어지며 하얗게 탈색되
어 갔다.

그녀는 쇠약해지며 늙어가고 있었다. 잠수와 도약을 즐기는 시간
이 줄어들면서 과거의 기억 속에서 헤매는 시간이 늘어났다. 치어
일 때도 먹이에 대한 식탐이 없었다. 자연히 지느러미를 뒤척이는
시간도 줄어들었다. 봉수망에 뛰어든 그날도 아침과 점심을 건너뛰
었다. 해가 지고 어둠이 짙어졌다. 그녀는 저녁이나 먹으려는 생각
이었다. 난바다곤쟁이가 모여 있는 수심을 찾던 중이다. 그때 천적
인 밍크고래가 나타났고 작업에 열중하던 갑판장의 목소리를 들었
다.

보름달이 떴다. 그녀에겐 불현듯 바다의 날들이 떠올랐고 파노라
마처럼 지나갔다. 자신이 태어났던 암초의 그늘과 자신과 의사가
통하던 게르치 중치와 자신의 산란을 이끌었던 수컷을… 그녀는
다시 잠 속으로 빠져 들었다. 그녀의 바다가 출렁거렸는지 반으로

가른 과메기 몸뚱이에서 육즙이 뚝뚝 떨어졌다. 어둠에 묻힌 그녀의 기억이 처음부터 마지막까지 지워졌다.

셔틀랜드 제도 근해

1

빗줄기가 거세졌다. 2번 마스트 가이 줄이 흔들리며 마스트 데릭과 부딪쳤다. 덜그럭거리는 소리가 브리지 창문을 넘어왔다. 예망에 집중하고 있던 선장 이마의 주름이 일그러졌다. 지구 온난화 심각성은 남극바다에도 영향을 끼치고 있는 것이 확실했다. 빗줄기 대신 눈발이 날려야 할 바다였다.

나는 필리핀 사람이다. 그리고 한국 트롤선 미셸 호의 3항사였다. 필리핀 국립수산대학을 졸업했고 3항사라는 직책으로 승선했지만 3항사로 불리는 건 여전히 낯설다. 하는 일이라곤 유빙의 견시와 브리지 청소가 전부이기 때문이다. 괜찮다고 스스로를 위로하지만 단순하고 과묵한 의무만 있고 책임과 권한이 없는 직책이었다. 그건 타국의 배에 오른 송출 선원이 감내해야 할 비애였다. 그나마 나에게는 행운이 따랐다. 그렇지 않다면 갑판에서 투양망 작업을 해야 했다.

"양망하자."

브리지 뒤편에서 네트레코더의 입망 상태를 직시하던 선장이 지시를 내렸다. 선장은 미셸 호에 승선하기 전에 이미 선장을 했다. 뉴질랜드에서였다. 그러나 계약한 어기를 끝내고 다시 선장의 의자를 차지하지는 못했다. 승선했던 회사의 부도 때문이다. 바다를 잃어버리고 육지에서 방황하던 그는 운 좋게도 미셸 호에 선장으로 승선했다. 그런 까닭인지 몰라도 선장은 만선에 대한 집착이 강했다. 깡마른 체구에다 목소리마저도 차가웠다. 마치 태어날 때부터 고독한 사람처럼 보였다. 그러나 한편으로는 여유도 있었고 카리스마도 있었다.

많은 뱃사람이 목돈을 벌기 위해서 원양어선에 승선하지만 나는 아니었다. 나는 배워야 할 게 많은 사람이었다. 그게 한국 트롤선에 승선한 이유였다. 그래야만 필리핀으로 돌아가서 필리핀의 수산 발전을 위해서 일할 수 있었다. 나는 선장의 날카롭고 차가운 카리스마를 닮고 싶었다.

벌써 열다섯 번째 양망이다. 주변의 해류 흐름이 빠른 탓도 있었지만 혹등고래가 떼를 이뤄 유영하고 있었다. 혹등고래가 노리는 것은 남극크릴이다. 당연히 미셸 호가 노리는 것도 남극크릴이었다. 혹등고래에게 쫓기는 남극크릴은 서로 뭉쳐졌다 흩어졌다 반복하며 재빠르게 이동을 하고 있다. 미셸 호는 남극크릴이 뭉쳐지는 순간을 맞추어서 그물을 끌어야 하는데 그만 혹등고래에 의해서 남극크릴이 모두 흩어져 버렸던 것이다. 다시 밀집된 남극크릴을 찾아야만 했다.

선장의 지시에 브리지 유리창에 붙어 유빙을 감시하던 2항사가 재빨리 브리지 뒤편으로 이동했다. 양망 윈치를 조작하기 위해서다. 곧이어 우르릉거리며 메인 윈치가 돌아가기 시작했다. 나는 양망 신호로 뱃고동의 버튼을 눌렀다. 붕붕거리는 기적 소리에 브리지는 순식간에 긴장감으로 팽팽해졌다. 더군다나 짙은 눈발까지 휘날려 시야마저 좋지 않았다. 트롤에서의 안전사고는 대부분 양투망 때 일어났기 때문이다.

빗줄기가 어느새 짙은 눈발로 바뀌고 있었다. 양망을 위해 선미로 이동하던 갑판부원 수하르노가 바람에 휘날리는 눈발을 잡으려고 이리저리 손을 뻗었다. 그 모습을 보고 동료 갑판부원들이 웃었다. 수하르노의 안전모에 쌓인 눈이 하얗게 빛났다.

그때 뱃머리 곁에서 혹등고래가 불쑥 솟아오르며 거대한 분기공을 만들었다. 나는 흘깃 고래를 쳐다보았다. 혹등고래의 몸에는 그들이 살아온 시간의 상처처럼 파편들이 붙어있고 파편들은 진눈깨비 결정을 닮아있었다. 귀청을 찢는 굉음이 들리고 그리고는 천천히 뿌연 물안개가 수면으로 가라앉았다.

나는 숨쉬기를 마친 혹등고래의 검은 꼬리지느러미가 회색빛 파도 속으로 사라지는 것을 지켜보았다. 혹등고래는 나타나는 것도 경이롭지만 바다속으로 사라지는 것 또한 경이로웠다. 혹등고래가 사라진 해수면 위에는 아무 일도 없었다는 듯 파도만 철썩거렸다. 그러나 바닷물 속에서 필사적으로 도주를 하고 있는 남극크릴은 비상상태일 것이다.

혹등고래가 먹이를 사냥할 때면 조직적으로 무리를 이룬다고 한다. 먹이를 둘러싸고 도망가지 못하도록 공기 방울로 장벽을 치면서 먹이를 한곳으로 몰아 밀집도를 높였다. 그렇게 밀집도가 높아지면 차례로 밀집된 먹이의 중심부를 향해 무저갱 같은 입을 턱 벌리고 돌진한다고 했다. 그러고 보면 혹등고래의 시선으로 보면 미셸 호는 먹이 사냥에 있어서, 아마추어였다.

혹등고래의 눈으로 볼 때 어리석기 짝이 없는 것이 인간들이었다. 서로서로 힘을 합하여 먹이를 쫓아도 구할까 말까한 곳이 바다였다. 그런데도 인간들은 서로 먹이를 많이 차지하려고 먹이에 대한 정보를 감추기에 급급했다. 전해오는 뱃사람들 말에는 함께 어장으로 나선 아들이 아버지에게도 어장 정보는 알려주지 않는다고 하지 않던가. 인간에게만 있다는 이 '욕심'을 혹등고래로서는 도저히 이해할 수 없을 것이었다.

미셸 호 주위로 혹등고래의 개체수가 점점 늘어났다. 그러자 네트레코더에서 기록이 완전히 사라졌다. 혹등고래가 남극크릴을 다른 곳으로 몰아가고 있기 때문일 것이다. 남극크릴은 개체로서는 빛나는 생이지만 야생에서 다른 종의 생은 배고픔을 채워주는 먹이에 불과했다. 서로의 삶을 놓고 죽음을 다투는 살아있는 것들의 역설이었다.

오타보드가 올라왔다. 윙 네트의 침적력을 높이기 위해 부착한 체인이 스립웨이 로러를 통과하며 내는 굉음이 뱃전을 가득 채웠다.

"1갑원, 조심해."

원통그물에 따방구를 채우던 1갑원이 쌓인 눈에 미끄러지며 비틀거렸다. 선미 작업 현황을 지켜보던 선장이 차가운 목소리로 주의를 주었다.

2

미셸 호는 어장을 떠나 로버트 섬에 있는 디스커버리 베이로 향했다. 남극에 입역하고 세 번째 전재이다. 총톤수 3천 톤의 트롤선이었지만 어장을 달리해서 조업하기에 각종 어구로 어창이 차 있어서 어획물을 적재할 용적이 없었다. 그런 까닭으로 기회만 생기면 어창에서 어획물을 들어내야만 했다.

올림픽 조업 방식으로 어로가 이루어지는 남극 트롤선에서는 전재로 까먹는 작업일은 모든 선원들에게 큰 부담으로 작용했다. 선장은 한시라도 시간을 절약하려고 배의 속력을 전속으로 올렸다.

올림픽 조업 방식이란 남극생물보존위원회에서 그해에 조업할 남극크릴 쿼터를 발표하면 회원국 선박이 동시에 조업을 시작하여 쿼터가 소진되면 조업이 끝나는 방식으로서 먼저 잡는 놈이 임자인 방법이다. 그런 이유로 배가 크고 어창용적이 크면 대량의 어획에 전재로 잃는 조업일이 없으므로 무엇보다 경쟁 조업선보다 유리하지만 안타깝게도 미셸 호는 그런 여유가 없었다. 당연히 손실을 최대한 극복하려는 의지가 강하다보니 작업이 고되고 힘들었다.

두 번째 전재를 마치고 미셸 호가 어장으로 향할 때였다. 입술이 새파래진 안토니오가 브리지로 올라왔다. 어창에서 일할 때 입었던 방한복도 벗지 않은 채였다.

안토니오의 방한 장갑을 벗기자 물집이 잡힌 손가락이 나타났다. 왼손 손가락이 검지부터 약지까지 퉁퉁 부어 있었다. 게다가 검지는 거멓게 살갗이 죽어있었다. 그건 누가 보더라도 동상이었다. 이런 미련한 놈이라고 주절거리며 안토니오의 얼굴을 쳐다봤다. 안토니오의 까만 눈동자가 자신의 손가락을 내려다보고 있었다. 안토니오는 무슨 말인가를 할 듯 말 듯 눈을 깜빡였다. 괜찮겠나? 묻는 것 같았다.

부어오른 손가락을 과산화수소수로 세척하고 동상 연고를 발랐다. 그게 다였다. 그러나 안토니오의 손가락은 시간이 지나면서 썩어 들어갔다. 먼저 손톱부터 거멓게 변하더니 주위의 살갗마저 썩어 가며 진물이 흘러내렸다.

"이거 손가락을 잘라내야 할 것 같은데."

안토니오를 치료하던 2등 항해사가 동의를 구하듯 나를 보고 말을 했다. 그래야만 손가락이 썩어 들어가는 것을 막을 수 있다는 거였다. 결국 안토니오는 이번에 전재하면서 운반선으로 건너간다. 본인이 귀국을 원했다. 안토니오는 그러면서 웃었다. 나는 웃고 있는 안토니오에게 배반감을 느꼈다. 눈물을 뚝뚝 흘리며 내 손가락을 돌려달라고 발버둥을 치며 악다구니를 벌여도 시원치 않을 판이었다. 그런데 안토니오는 웃고 있었다. 나는 안토니오의 눈을 보았다. 흐리멍덩한 눈이었다. 마치 자신의 운명에 순응한 듯. 나는 왠지 쓸쓸해져 브리지 앞 유리창만 쳐다보았다.

"포트 20도, 서치라이트 비쳐 봐."

GPS 항로를 살피며 고개를 갸우뚱 거리던 선장이 소리쳤다. 몰아쳐오는 눈보라로 시야가 좋지 않았다. 그때 서치라이트 빛에 무엇인가 반짝거렸다. 파도를 뚫고 나온 꼿꼿한 얼음덩어리였다. 얼음 덩어리는 '나는 위험한 놈이야'라고 말하듯 가장자리의 푸른 윤곽이 뚜렷했다.

"하드 포트!"

나는 괴성에 가까운 선장의 지시에 큰소리로 외쳤다. 나는 자동조타장치를 해제하고 왼쪽으로 전타했다. 전속으로 전진하던 미셸 호는 관성에 의하여 미끄러지듯 오른쪽으로 기울며 얼음덩어리를 향해 다가갔다. 브리지 안 집기들이 바닥으로 쏟아지며 우당탕거렸다. 그러고는 얼음덩어리와 미셸 호 배 바닥이 부딪쳤다. 곧이어 우지직거리는 소리가 들리며 무겁게 진동이 선체를 흔들었다. 순식간에 브리지 기물이 제자리를 벗어나 바닥에서 뒹굴었다. 나는 집기들을 챙길 엄두도 못낸 채 조타기를 끌어 앉았다. 곧이어 얼음 덩어리가 뱃바닥을 훑고 지나가는 기괴한 소리가 한참 동안 이어졌다.

"뭐야!"

선장은 손바닥으로 내 가슴을 텅텅 치며 욕설을 퍼부어 대었다. 욕은 하나같이 날카로운 못이 되어서 심장 깊숙이 박혔다. 필리핀으로 돌아가면 나도 가정을 가진 가장이요 한 아이의 아빠였다. 설사 결정적 실수라도 인격적으로 무시하는 것은 아니었다. 잘못이 있다면 선내 기율에 의거해서 징계와 처벌을 내리면 되었다. 한국 사람들은 이처럼 정신 나간 행위를 '화끈하다'라고 하며 미화하는데, 아마도 죽을 때까지 내 가슴에 박힌 못들은 빼내지 못할 것이다. 나는 죽은 듯이 모든 욕설을 뒤집어썼다.

사실 유빙은 레이더에 잘 나타나므로 크게 염려할 것은 아닌데 그 유빙에서 떨어져 나온 얼음덩어리가 문제다. 대부분은 물에 잠긴 상태로 상부만 수면에서 철썩거리기 때문에 레이더에서 놓칠 때가 많았다. 그것이 뱃머리와 충돌이라도 하면 선박의 안전을 보장할 수가 없다.

몇 년 전 우루과이 리퍼라는 냉동 운반선이 어획물을 받아 싣고 회항하다가 얼음덩어리와 부딪쳤다. 다행히 인사 사고는 나지 않았지만 배는 뱃머리부터 기관실까지 옆구리가 찢어지며 침몰했다. 이럴 때 선원들이 바닷물에라도 뛰어든다면 심장마비로 죽음에 이른다. 바닷물의 온도가 0도에서 영하 1도 이기에 심장마비를 견딘다고 해도 저체온증으로 5분 이내에 사망하는 것이다.

혹독한 환경에서의 조바심은 충분히 이해하지만 선장은 선장다워야 한다. 선장에게 얼음덩어리와의 충돌 상황은 그동안 쌓아둔 스트레스를 나에게 풀기에 안성맞춤이었을 것이다. 울고 싶은데 누가 나타나서 뺨을 갈겨 준 거나 다름없었다. 다행히 미셸 호 뱃머리 앞에는 더 이상 얼음덩어리가 나타나지 않았다. 그렇다고 마음을 놓으면 안 되었다. 곧 디스커버리 베이로 진입을 해야 했다.

선장의 추궁에 숨도 크게 못 쉬었다. 그리고 슬그머니 뱃머리를 바라보는 나의 눈에는 눈물이 찔끔거렸다.

3

기압이 950헥토파스칼까지 떨어졌다. 블리자드가 올 것이라는 예보였다. 블리자드는 풍속이 30미터에서 40미터를 넘나들었다. 게다가 몰아치는 폭설과 부서지는 파도의 포말로 바다는 화이트 아웃이 되었다. 조업은 계속되었다. 남극크릴 조업이 올림픽 방식 조업인 까닭에 마음 편하게 피항할 수 없었다. 미셸 호가 피항하더라도 다른 국적의 배는 조업할 수 있기 때문이다. 그러면 그만큼 어획량이 줄어들었다. 선장은 고심 끝에 남극의 '코로 어장'으로 옮기기로 했다.

남극 대륙 지도를 보면 칠레 쪽으로 코끼리 상아같이 돌출된 반도가 있는데 선장은 그곳을 '코로'라 불렀다.

남극 대륙은 해안의 평지가 드물었고 대륙붕이 발달되어 있지 않았다. 연안과 일 마일만 떨어져도 수심이 500미터로 뚝 떨어졌다. 조업을 하려면 손에 잡힐 정도로 육지와 근접해야 했다. 그러나 위험은 다른 곳에 숨어 있었다.

얼음이었다. 얼음덩어리는 크기에 따라서 두 부류로 구분했다. 빙산과 부빙이다. 빙산은 말 그대로 얼음산으로 레이더에 잘 탐지되었으나 부빙이 문제였다. 부빙은 충돌도 충돌이지만 갇히면 헤어나오기 어려운 얼음의 감옥이었다. 풍압의 영향을 크게 받는 부빙들은 바람의 방향에 따라서 마치 개미지옥 속 모래알처럼 뱃전 주위로 모여들었다. 16세기 대탐험 시절부터 남극에서 조난당한 배들은 빙산과의 충돌이 아니라 부빙에 갇혀서 조난했다. 끊임없이 압박하는 부빙에 의하여 얼음 위로 배가 올라가거나 아니면 압력에 의하여 산산조각이 났다. 선박의 재질이 목재에서 강철로 바뀌었지만 자연의 힘을 이겨낼 도리가 없었다.

"잘 봐라."

뱃머리 방향으로 서치라이트 각도를 조절하며 강조하는 선장의 엄명이었다. 또다시 얼음과 충돌하면 책임을 피하기 어렵다는 경고나 마찬가지였다. 미셸 호가 어장으로 진입할수록 얼음덩어리가 밀려왔다. 나는 얼음덩어리를 주의 깊게 살폈다. 부빙들은 마치 남극의 추위를 뚫고 삐죽삐죽 올라온 얼음꽃 같았다. 향기 대신 추위를 가득 품은 부빙을 뱃머리가 갈라놓았다. 미셸 호를 반기는 걸까. 얼음 조각들은 뱃머리에 부딪쳐 자그락거리는 소리를 내며 흘러갔다.

선장이 어장을 선택할 때에는 만선할 거라는 충분한 느낌이 들어야한다. 그런 측면에서 선장의 선택은 적중했다. 어장을 옮기지 않은 선박들은 몰아친 눈폭풍에 조업을 중단하고 피항하고 있었지만 미셸 호 코드엔드는 남극크릴로 가득 찼다. 30분을 넘기지 않는 예망 시간에 10톤이 넘게 어획되었다. 사이즈마저 3L이었다. 3L은 50밀리미터 이상 되는 다 자란 성체였다. 미셸 호는 경쟁 조업선을 따돌릴 수 있는 최적의 때를 맞은 것이다.

다만 늘어나고 있고 부빙이 문제였다. 부빙이 늘어나면 아무리 조심을 한다고 해도 투양망을 하는 동안 그물 안으로 부빙이 들어갈 수 있었다. 그러면 코드엔드까지 밀려들어간 얼음덩어리로 크릴이 짓이겨져서 상품으로의 가치를 잃었다. 상품성을 잃어버린 어획물은 모두 폐기해야 하는데 남극에서는 어떠한 것이라도 바다로 버릴 수 없었다. 모두 냉동해두었다가 남극 지역을 벗어나서 버려야만 했다. 당연히 조업 시간 손실과 인력 손실에 더하여 폐기어획물로 어창의 공간까지 내주어야 했다. 그러나 그물 안으로 들어가는 얼음덩어리는 3항사 책임이 아니었다.

"저 새끼는 밥만 축내며 뭐 하는 거야."

선장의 싸늘한 저주에 머리카락까지 곤두섰으나 참아야만 했다. 참는 것도 3항사의 의무였다. 선장의 멱살을 잡고 돌아갈 일이었지만 한국 트롤선이고 나는 송출 선원인 필리피노였다.

"얼음이 사이드에서 빨려 들어갔습니다."

2등 항해사가 나를 대신해서 상황을 설명했지만 선장의 화는 쉬이 가라앉지 않았다. 피항 중이던 배들이 어획 정보를 듣고 미셸 호 쪽으로 이동 중이었다. 배들이 도착하기 전에 크릴을 더 붙잡아야 하는데 작업을 망쳤던 것이다. 빨리 얼음을 꺼내라고 고함 치며 선장이 직접 포트 현으로 전타를 했다. 그러자 속력을 가속하던 힘에 의해서 배가 한편으로 크게 기울었다.

일주일 째 감기로 고생하고 있던 기관장이 생강차를 만들기 위해서 주방을 찾았을 때였고 조리대에 펄펄 끓고 있던 주전자의 물이 기관장 발 위로 쏟아진 것은 동시였다. 그렇다. 사람의 힘으로 안 되는 것이 있다. 그물 안으로 빨려 들어가는 얼음덩어리나 주방에서 화상을 입는 기관장이나 어쩔 수 없는 것들이 있는 것이다. 나는 기관장의 치료를 핑계로 헐레벌떡 브리지를 벗어났다. 나는 지근거리는 머리를 식히려고 선수갑판으로 통하는 문을 열었다.

띄엄띄엄 푸르게 떠다니는 빙산들이 보였다. 차갑고 강마른 바람이 얼굴을 스쳐갔다. 나는 숨을 크게 들이마셨다. 불현듯 선장이나 선원들이나 바다에 갇혀버린 불쌍한 인간이라는 생각이 들었다.

4

건착선에서의 실수를 이곳에서 되풀이하면 안 되었다. 그것은 남극에서 맞이하는 흑야의 어둠과 같은 나의 과오였다. 나는 다른 동기들보다 월등한 성적으로 수산대학을 졸업했다. 덕분에 교수님

추천으로 원양어선의 꽃이라는 투나 건착선에 승선했다. 3등 항해사였는데 생활이 너무나 고통스러웠다. 태어날 때부터 지니고 나왔던 아토피성 피부병 때문이다.

건착선 3등 항해사는 브리지 허드렛일을 도맡아 하면서도 갑판부원들과 함께 그물 수납 작업에도 함께해야 했다. 그런데 그물을 수납하게 되면 파워 블록을 통과하며 으깨어진 해파리가 우박처럼 쏟아졌다. 해파리의 독성에 견디지 못한 피부가 심한 가려움과 함께 벌겋게 발진을 일으키며 곪아갔다. 참을 수 없는 가려움으로 잠을 자지 못했다. 밤새도록 이곳저곳을 벅벅 긁다보면 날이 밝았다. 하지만 그건 표면적인 이유에 불과했다. 무엇보다 참을 수가 없었던 것은 따로 있었다. 나도 필리핀에서는 엘리트였다. 몇 십대 일의 경쟁을 뚫고 국립수산대학에 진학했고 장학생으로 졸업을 했다. 그런데 조금만 실수해도 그것밖에 못하느냐, 그것도 모르느냐 하는 한국 선장의 인격적 모욕은 도저히 잊을 수 없었다. 결국 자의로 승선을 포기하는 수밖에 없었고 중간 하선자란 낙인이 찍혔다. 피부병을 치료해도 블랙리스트에 오른 나는 건착선에 승선할 수 없었다.

필리핀에서도 수산업의 중요성을 인식해 건착선에 대규모 투자가 이루어지고 있었다. 국적선 건착선이 신조선으로 어장에 투입되고 선장이 없어서 외국 선장을 초빙하는 현실이다. 건착선에서 죽더라도 견뎌냈어야만 했다. 한국 선장의 뛰어난 어로 방법을 배웠어야 하는데 포기했다. 나와 함께 승선했던 동기들은 벌써 2등 항해사까지 승진했다. 곧 국적선 선장으로 자리를 잡을 거였다. 중요한 인생의 기회를 스스로 버린 것이었다. 다시는 그런 실수는 하지 말아야 한다.

한국 건착선의 블랙리스트에 오른 좌절로 실의에 빠져있을 때였다. 교수님이 나를 부르셨다. 남극으로 가라는 것이었다.

"선장이 될 수 있는 제일 빠른 길이다."

교수님은 그렇게 강조했다. 정부에서 남극으로의 진출을 생각하는데 필리핀에서 출어하는 남극 조업선의 첫 번째 선장은 우리 학교 출신이 되어야 한다면서 승선을 권유했다.

18세기 러시아와의 전쟁에서 스웨덴이 패하자 린네는 스웨덴의 미래를 위한 새로운 패러다임을 찾아 나섰다. 웁살라대학에서 자연사와 의학을 공부했던 그는 암스테르담으로 유학을 떠났고 그곳에서 네덜란드가 해상으로 진출하며 국가의 부를 창출하는 힘을 보았다. 린네는 해양 경제야말로 자본을 축적하기 위한 최적의 조건이라고 판단했다. 린네와 뜻을 함께했던 17명의 학생을 린네와 17명의 사도라고 했다. 교수님은 자본주의 사상이 잉태하던 18세기 초 오대양을 떠돌아다니며 공부했던 린네의 학파, 즉 린네와 사도에서 사도의 길을 나에게 요구했던 것이다.

남극에서의 상업 조업은 크게 니그로 메루루사라고 부르는 이빨고기와 남극크릴 조업인데 지금 정부에서는 일본과의 교섭을 통하여 남극크릴을 어획하고 있는 대형 트롤선을 매입하려 한다고 했다. 계획이 진행이 되면 몇 년 후면 우리도 조업에 나설 것인데 결국 배를 운영할 인력이 문제라며 준비해야 한다고 했다. 그러니까 그 임무를 수행하라는 것이었다. 다시 말해 교수님의 관심에 내가 응답할 차례였다. 크릴 산업에 관한 스파이가 되는 것이다.

어장의 위치라든가, 사용하는 어구의 종류, 조업 테크닉과 제품의 생산과정 등등 남극크릴 트롤선에 관한 모든 정보를 수집하는 일이다. 남극에서 남극크릴을 조업하는 나라는 노르웨이, 일본, 러시아, 중국, 일본, 칠레, 한국 등이 있었는데 그중 한국 트롤선으로 필리핀 선원의 노동력이 제일 많이 수출되었다. 또한 한국 트롤선 선장들의 어로 기술이 제일 뛰어났다. 그렇게 임무를 부여 받고 한국 트롤선에 3등 항해사로 승선했던 것이다. 필리핀 크릴조업의 막중한 책임이 나의 어깨에 걸쳐 있는 셈이다.

어느 곳에서나 바닥의 인생은 힘들다. 그러나 바닥이 없다면 정상도 없는 것이 인생이다. 트롤에서 3등 항해사 생활은 육체적으로 강도는 약했지만 이것저것 신경 쓸 일이 많아서 긴장해 있어야 했다.

남극크릴은 중층조업이었다. 보통 트롤의 중층조업은 카이트를 사용해서 그물을 중층으로 띄우지만 남극조업은 카이트를 사용하지 않았다. 싱커와 플로트 부력을 계산하여 코사인을 구하고 그물을 저층에서 띄우는 공략 수심은 와프의 길이와 예망 속력으로 조정했다. 여기에는 숙련된 기술과 오랜 경험이 필요했다.

혹등고래는 겨울철에는 적도로 회유해서 새끼를 낳고 여름철에는 남극으로 돌아와서 먹이 활동을 하며 체중을 키워 다시 적도로 돌아가는 전 지구적 해양 포유 동물이다. 미국에서 석유가 발견되고 정제되기 전에는 고래의 기름으로 불을 밝혔다. 19세기를 중점으로 남극으로 진출한 포경선에 의해서 150여만 마리가 살육되는 불행으로 멸종의 단계까지 몰렸으나, 석유가 발견되고 상업 포경이 금지되므로 서서히 복원되고 있었다.

혹등고래는 하루에 2톤에서 3톤의 남극크릴을 먹어치웠다. 버블네트라고 부르는 네트워크로 먹이 활동을 하는 혹등고래에게 쫓긴 남극크릴은 천적을 피하기 위해서 수심 이동을 심하게 했다. 남극크릴 트롤선은 남극크릴의 이동을 소나와 어탐으로 추적하며 투망했고 예망을 하면서도 계속해서 어획 수심을 조정했기 때문이다.

끝없이 밀려오는 부빙들, 게다가 수시로 변덕을 부려대는 날씨와 강한 세력의 조석과 해류를 파악하고 있어야만 했다. 어떻게 보면 나는 행운아였다. 승선한 트롤선의 선장이 남극 어장에 관한 일인자였다. 배울 것이 많았지만 성격이 불 같았고 말투에는 항상 날이 서 있었다. 선장의 모든 관심은 선원들에게 가닿지 못하고 남극크릴에게만 가닿았다. 물론 이해는 한다. 그래도 화가 부글부글 끓어오를 때가 있었다. 선장의 무관심은 선원들에 대한 죄였다.

교수님의 충고도 충고지만 이번만은 기회를 내 것으로 만들어야 했다. 바다를 선택한 삶을 지속할 수 있도록, 조국 필리핀을 위해서, 그 가능성을 위해서.

5

남극에서는 맑은 하늘을 보기 어려웠다. 대부분의 날씨가 구름이 끼거나 눈이 왔다. 그런데도 푸른 하늘에 바람조차 불지 않는 날이 이틀째 계속되자 그 틈을 타고 이번엔 투망이 어려울 정도 부빙이 밀려왔다. 부빙은 대륙의 빙붕이나 해안 끝에서 떨어져 나와 해류를 타고 어장을 점령했다. 방법이 없었다. 뱃머리로 부빙을 헤치며 나가는 수밖에 없었다. 그야말로 얼음과 전쟁이다. 얼음 조각들은 빙붕이나 해안 끝에서 떨어져 나와 슬금슬금 바다를 점령했다. 그러다가 기온이 떨어지면 그대로 결빙했다. 그렇지만 부빙은 바람의 영향을 받기에 바람이 불어오면 바람의 방향으로 사라졌다.

미셸 호의 경우 건조 당시부터 남극 조업선을 계획했던 배였다. 외판이 보통 원양어선보다 두꺼웠다. 볼바우 주변의 선수 외판은 20티였다. 그래도 부빙이 볼바우에 부딪쳐 갈라질 때 내는 굉음은 등골을 서늘하게 했다. 나의 신경은 온통 부빙에 쏠려 있었고 불안감을 지우지 못했다.

"앞을 잘 봐!"

선장은 눈만 마주치면 외쳐댔다.

"눈 빠지게 보고 있습니다."

나는 선장의 반복된 지시에 어깃장을 놓았다.

"알았다, 알았어. 대체 하루라도 사람을 편하게 해주면 안 되는가."

라며 나는 중얼거렸다.

"3등 항해사, 커피 한 잔 타라."

선장은 남극의 얼음을 즐겼다. 커피를 타거나 위스키를 마시거나 아니면 냉수를 마실 때에도 남극 얼음을 넣었다. 얼음 조각들은 그물 안으로 밀려들어간 것들이었다. 기온이 차가운 남극에서는 이런 얼음 조각을 모아 선수 데크에 던져 놓았다가 필요할 때 가서 가져오면 되었다. 얼음 조각에도 등급이 있었다. 그중에서 크리스탈처럼 맑고 투명한 것을 제일로 쳤다.

오랜 시간 눈이 쌓이고 그 중력에 의해 다져지면서 만들어진 빙붕의 얼음인데 압축된 많은 공기를 품고 있었다. 얼음 조각을 물에 넣으면 갇혀있던 공기가 빠져 나오면서 톡톡거리는 특별한 소리를 냈다. 그리고 많은 미네랄도 함유하고 있어 물맛이 달랐다.

"이 안의 공기가 빙하기 시대의 거야."

선장은 인생에 있어서 이런 즐거움을 누린다면 뱃놈으로서 크게 밑지는 인생을 산 것도 아니라며 즐거워했다. 어떻게 보면 낭만적이기도 한 선장이었다. 이런 느낌은 선장에 대한 존경심을 가지게 하였으나 다른 한편으로는 불만으로 갈등하게 했다.

남극에서의 시간은 쏜 화살처럼 흘러갔다. 그러나 나는 반복되는 삶의 기회, 마치 조셉 콘라드의 소설 암흑의 심장에 등장하는 이크티오사우르스처럼, 시간의 화살개념과 시간의 순환 개념이 함께 존재하는 공간 속에서 놓쳐버린 기회가 다시 돌아올 것이란 믿음이 있었다.

기관장의 화상은 더욱 심해졌다. 걸음조차 걷지 못해 식사를 침실에서 해야 하는데도 드레싱만 겨우 했다. 마침내 통증을 견디지 못한 기관장이 병원으로 이송을 요청했다. 그러나 한 항차만 마치면 여기가 종료되는 중요한 시점에서 그게 결코 쉬운 일은 아니었다. 미셸 호는 기관장이 의도하는 바와는 달리 남쪽으로 어장을 옮겨가며 조업을 했다. 기관장의 요청은 묵살된 것이다.

미셸 호에서 가장 가까운 칠레는 3일을 달려야만 닿을 수 있고 다시 어장으로 돌아오려면 일주일이 걸리는 거리였다. 그 시간이면 거의 천 톤 크릴을 어창 안으로 적재할 수 있는 시간이었다. 올림픽 방식 쿼터였다. 미셸 호의 크릴이라며 남겨 놓지 않았다.

무릎 아래에 3도 화상을 입은 기관장 양쪽 발은 시커멓게 변하며 진물이 흘렀다. 드레싱을 할 때마다 질러대는 신음소리와 찌푸리는 얼굴 주름으로 기관장은 더 늙어보였다. 그러나 마지막 항차까지 만선을 실현하려는 선장은 입항하지 않았다. 뱃사람이라면 누구나 겪을 수밖에 없는 만선의 숙명이 선장을 정당화시켜주고 있기 때문이다. 오히려 그 경위야 어떻든 회항하는 운반선을 만난 탓에 필리핀으로 돌아간 동료 선원이 행복할지도 몰랐다. 기관장은 화상의 통증을 의사의 도움도 없이 온전히 자신의 의지만으로 견디고 있었다.

바다는 그야말로 예측불허다. 부빙이 밀려오는 바다가 끝없이 넓어 보였다. 미친 듯 블리자드라도 불어온다면 더 좋겠다는 생각이 들었다.

흰긴수염고래

1

폭우가 태평양 전역을 휩쓸고 있었다. 비는 며칠째 그치지 않았다. 오히려 선회창을 두드리는 빗방울만 굵어졌다. 정우는 바람과 파도가 엇섞여 만들어 내는 소용돌이의 중심에 있었다. 바다는 한낮인데도 하늘과 수평선이 맞닿아 컴컴했다. 어둠은 정우의 항해와는 상관이 없다는 듯 영원의 입구처럼 회색이었다. 적도에서 발생한 태풍 탓이다.

"끙."

정우는 낮게 신음소리를 쏟아냈다. 15노트로 북상했던 속력이 5노트로 떨어졌다. 기압이 988헥토파스칼로 낮아지고 있었는데 태풍은 세를 불리기 위해서 정체하고 있었다. 태풍의 이동이 시작되기 전에 안전한 피항지로 가야만 했다. 이따금씩 검은 구름의 장막을 찢으며 크고 날카로운 섬광이 뱃머리를 강타했다. 곧이어 고막을 찢는 천둥 소리가 정우의 귓바퀴를 뚫고 지나갔다. 엄청난 대기의 파동으로 선체가 부르르 떨었다. 정우는 몰려오는 두려움을 지우듯 두툼한 입술을 질끈 깨물었다. 지근거리던 어깨가 더욱 무거워졌다.

황천 항해에 대한 정우의 경험은 풍부했다. 게다가 태풍이 움직이는 진로 예측에도 뛰어났다. 하지만 이번만큼은 예상을 벗어났다. 피항 계획을 빨리 수정해야 했다. 본래 계획이라면 피항지는 쿠릴열도에 속한 작은 섬 구나시리였다. 그러나 태풍이 발달을 계속해서 북상하면 위험 반원에 들어갈 수 있었다. 파도와 바람을 막아줄 해안지형이 든든하지 못한 곳에서는 배와 선원들의 안전을 보장할 수 없다. 정우는 혼슈 북단 시리야사키 항을 새로운 피항지로 변경했다.

"220도."

조타륜을 잡고 있던 2항사가 항로 수정을 알렸다. 배는 선미로부터 달려드는 파도에 부딪치며 심하게 좌우로 기울었다. 변침으로 뱃머리가 선회하자 파도의 방향이 바뀌었던 까닭이다. 미처 리깅(결박)하지 못한 브리지 기물들이 이리저리 나뒹굴며 큰 소리를 냈다. 하지만 그런 건 아무래도 상관없었다. 선체에 위험한 상황이 아니라면 한 귀로 듣고 한 귀로 흘려버리면 그만이다. 흔들리며 살아가는 삶은 정우가 짊어진 굴레였다.

태풍은 틀림없이 빠른 속도로 이동할 것이다. 정우는 시간이 촉박하다는 조바심으로 선속을 더 높였다. 파도는 마치 날개를 펴고 둥지를 표힐 날아오르는 독수리처럼 몰려오고 몰려갔다. 조타에 열중하던 2항사가 힐끔힐끔 얼씬거리는 파도를 훔쳐보았다. 쿵쾅거리며 브리지 외벽을 훑는 파도의 기운이 대단했다. 파도는 뱃전을 넘어와 미처 배수가 안 된 바닷물과 엇섞여 갑판을 물바다로 몰아갔다. 정우는 눈앞에서 하얗게 끓어오르는 바다를 망연하게 바라보았다. 그때 쿵쿵거리는 발자국 소리가 브리지로 통하는 계단에서 들렸다

"예상도가 나왔습니다."

어둠 속에서 창백하게 질린 얼굴이 나타났다.

"끔찍하군요."

통신장은 기상 예상도를 건네며 걱정스러운 듯이 말했다. 마침내 태풍이 10노트 속력으로 북상하기 시작했던 것이다. 980헥토파스칼까지 발달한 태풍의 중심은 12미터가 넘었다. 태풍이 A급으로 커진 까닭이다. 정우는 뒷머리가 지근거렸다. 피항지를 때늦게 변경한 탓에 아무리 빨라도 12시간은 달려야 했다. 피항지는 멀고 시간은 별로 없었다. 배의 속력과 태풍의 진행 방향을 아무리 계산해봐도 세력권에서 벗어나긴 틀렸다. 서너 시간은 족히 태풍의 광기 속에 휘둘려야 했다. 자신과 선원들이 시퍼런 물덩이에서 아우성치는 모습이 떠올랐다. 마치 체증에 걸린 것처럼 가슴이 답답했다.

태풍 밖의 세상에는 만선과 함께 무사하게 돌아오길 기다리는 가족이 있었다. 정우의 마음이 무거워졌다.

고래의 부상은 핵잠수함처럼 웅장하고 거대했다. 시커먼 물체는 파도를 뚫고 하늘을 향해 크게 치솟았다. 정우는 떠다니는 원목이거나 황천항해로 컨테이너선에서 떨어뜨린 컨테이너 박스인 줄 알았다. 근데 크기부터 차이가 났다. 컨테이너 박스와는 비교가 안 될 덩치다. 곧이어 에어 혼 같이 푸 하는 굉음이 들려왔다. 파도가 뱃전을 두들기는 소리와 뚜렷하게 구별이 되는 소리다. 분기음이었다. 고래였다.
"고래입니다."
황천의 날씨를 홀로 헤치는 선장이다. 그런 선장의 외로움을 알기에 브리지에서 얼쩡거렸던 통신장이었다.
"고래…."
고래가 배를 따라오고 있었다. 고래가 배를 따라오다니. 지금은 황천의 바다가 아닌가. 바다에서 일생을 보낸 고래지만 사납고 거친 파도를 헤쳐가기란 힘겨울 거였다. 심해로 들어가 은신처에 몸을 숨기면 적막뿐인데 파도와 힘을 다투듯 배 주변을 벗어나지 않았다. 오히려 전속으로 항진하는 배와 바짝 붙어 치솟는가 싶더니 가라앉기를 반복했다.

유영하는 고래는 손에 잡힐 듯 가깝다. 경계심이란 찾아 볼 수가 없었다. 누군가가 부추기기라도 하면 꼬리지느러미라도 만질 수 있는 거리였다. 고래는 파도가 몰려오면 몸을 숨겼다가 힘찬 분기음과 함께 모습을 드러냈다. 당당한 유영 모습을 지켜보던 정우는 황천이란 사실마저 잊어버렸다. 파도가 다시 몰려왔다. 고래가 잠수하기 위해 고개를 내밀었다. 정우와 고래의 눈이 마주쳤다. 찰나였다. 정우는 고래의 그윽한 눈빛에 눈이 부셨다. 그 순간 정우의 가슴은 정체 모를 뜨거운 것으로 화끈거렸다.

"아."

피항으로 굳어졌던 정우의 얼굴이 밝아졌다. 정우는 그때서야 깨달았다. 아버지가 지켜주고 있다는 것을. 가슴이 먹먹한 채 몇 분이 흘렀을까? 고래는 시큼한 분기공의 냄새만 남겨 놓고 어둠 속으로 사라졌다.

2

아버지는 타고난 뱃사람이었다. 더불어 우리나라 마지막 포경선 동해 호의 선주 겸 포장이었다. 정우의 선조는 반구대 암벽화에 고래를 암각한 선사인 일지도 모른다. 일가는 일제강점기 이전부터 고래 잡는 일에 종사해왔기 때문이다. 아버지는 철들기 전부터 할아버지를 따라 고래를 쫓아 다녔다. 만약 국제포경위원회가 상업 포경을 금지하지 않았더라면 지금도 고래의 분기공을 쫓아 바다를 질주하고 있을 것이다.

국제포경위원회의 조약이 발효된 날이었다. 아버지는 묶여있는 동해 호를 바라보며 긴 한숨을 내쉬었다.

"구룡포 김 포장 말이야. 자네도 김 포장 알지? 포경 허가를 넘기고 택시 사업권을 땄다고 하더군. 자네도 빨리 마음을 바꾸는 게 좋을 것 같네."

해부장 김 씨가 지나가는 말로 아버지에게 말했다.

"이젠 배를 포구에 묶어 둘 수조차 없네. 선박원부도 없어지고 선적항도 사라졌으니까. 국제기구에서 그렇게 하라고 하지 않나. 포기해야 하네."

해부장 김 씨는 아버지와 함께 고래를 쫓았다. 해부장 김 씨 라고 마음이 착잡하지 않겠는가? 그러나 현실을 무시할 수 없었다. 국제기구의 의결 사항을 따라야 하는 방침은 정해졌다. 정부의 마음이 바뀌기 전에 한 푼이라도 더 보상을 받으라는 충고였다.

"내가 태어난 곳이네. 내가 살아온 곳이란 말이네. 내 삶의 터전에서 내 배를 부리겠다는데 보상은 무슨 놈의 보상인가?"

아버지 고집은 갓 잡아 해체한 고래의 힘줄보다 질겼다.

"내가 맹세하건데 고래잡이는 끝났네."

해부장 김 씨의 일격이었다.

"그게 무슨 말인가."

아버지는 자리에서 벌떡 일어나며 손까지 부들부들 떨었다. 당연한 일이었다. 배를 포기하라는 것은 아버지에게 그만 죽으라는 것과도 같았으니까. 돌아가신 지 시간이 꽤 흘렀지만 동해 호는 고래를 쫓아 바다로 나가지 못한 채 여전히 장생포 한편에 묶여 세월에 녹슬어 가고 있었다.

그로부터 30년이 지난 지금도 국제포경회의의 상업 포경 금지조약은 여전히 유효하다. 고래 해체장이 있던 장생포에서도 오베기를 맛보려면 힘들었다. 고래가 좌초하기를 기다려야 했기 때문이다.

"고래가 보고 싶구나."

아버지는 잠꼬대마저 그렇게 투덜거렸다. 아버지는 고래를 쫓지 못하게 되자 눈에 띄게 기력을 잃어갔었다. 그러면서 바다로부터도 멀어졌다. 상업 포경 금지는 아버지의 현재와 미래를 한 줌의 먼지로 날려버렸다. 아버지에 대한 모든 것을 이해할 수 없었지만 아버지와 고래는 보이지 않는 끈으로 연결되어 있었던 거였다. 고래를 잡아 귀항하던 아버지의 모습은 얼마나 싱싱했던가. 아버지가 얼마나 고래를 기다리시는지. 다시는 활기에 찬 얼굴의 아버지를 볼 수 없어 정우는 가슴이 아팠다. 아버지는 두 번 다시 동해 호 포장으로 돌아갈 수 없는 것이다.

상업 포경이 금지되기 전 어느 해인가 대왕고래를 포획한 날이었다. 장생포에서 작살 맞은 마지막 대왕고래이었으리라. 고래를 잡았다는 소식이 널리 알려졌다. 포구에는 많은 사람들이 들썩거렸다. 장생포라곤 하지만 대왕고래를 직접 볼 기회는 거의 없었다. 대왕고래는 잡기도 어려울 뿐만 아니라 주민들 모두가 바다에서 포경업에 종사하는 건 아니었다. 기껏해야 흔하게 잡혀온 밍크나 곱세기를 지나가다 보는 게 전부였다. 모두들 대왕고래란 말에 흥분했다.

수평선에서는 징 소리부터 들려왔다. 고래잡이배 전통에 따라 고래를 잡았다는 통보였다. 천천히 동해 호가 포구로 들어왔다. 노을이 풀어진 선수 마스트에는 오방색 만선기가 부드럽게 휘날렸다. 붉게 빛나는 동해호 이물은 당연히 포장인 아버지 차지였다. 동해 호 옆구리에 묶어 놓은 대왕고래를 제압하듯 허리에 팔을 걸치고 의기양양하게 미소 짓고 있는 아버지가 그곳에 있었다.

"아버지!"

정우는 손나팔을 만들어 아버지를 불렀다. 아버지가 정우를 발견했다. 아버지는 정우를 바라보며 고래의 롭테일링처럼 손을 높이 흔들었다. 그 순간 정우는 동해 호 옆구리 묶여 작은 산처럼 보이는 대왕고래보다 아버지가 더 커 보였다. 아버지가 더 대왕고래다워 보였다.

"아버지!"

정우는 아버지를 향해 재차 손을 흔들었다. 그러는 한편으로 눈길은 대왕고래로 향했다. 바다의 제왕이라는 대왕고래는 동해 호보다 더 크면 컸지 작지는 않았다. 정우는 그 크기에 놀랐다. 구경꾼들은 대왕고래에 대한 경외감에 젖어들며 암벽 밖으로 목을 뺐다. 그리고 물 밖으로 채 나오지도 않은 위압적인 덩치에 그만 질려버렸었다. 대왕고래는 성장이 끝나면 체구는 거의 30미터에 달하고 무게는 200톤에 육박했다. 두말 할 것도 없이 지구상에서 가장 큰 포유류였다.

"와. 와."

감탄에 찬 가득 찬 탄성이 이곳저곳에서 쏟아졌다. 그러나 삶과 죽음의 경계에 바람이 부나 파도가 높으나 고래를 쫓아 고래잡이로 살아온 아버지였으니까. 말하자면 이날이라고 특별할 것이 없었다. 그렇다고 해도 이물에 서있던 아버지와 동해 호 옆구리에 묶여 있던 대왕고래가 주는 이미지가 같아 이날의 풍경은 정우에게 아버지가 대왕고래 같다는 생각으로 떠오르곤 했다.

3

시투를 하고 보름이 지나갔다. 불황은 계속되었다. 남극해로부터 냉수대인 훔볼트 해류의 세력이 강해지는 시기였다. 당연히 이곳을 기점으로 합류하는 남적도 해류와 크롬웰 해류 그리고 멕시코 난류 세력도 강해져야만 했다. 그러나 예상 밖으로 적도에서 발생한 엘니뇨가 세력을 넓히고 있었다. 때문에 훔볼트 해류는 북상을 못하고 먹이 사슬도 형성되지 않았다. 눈으로 확인되는 난바다곤쟁이마저 적었다.

"선장. 만선만 해줘."

정우는 까야오항을 출항할 때 사장이 떠올랐다. 페루 까야오항은 대서양을 무대로 어로 활동을 하는 국적선의 전진 기지였다. 간절한 바람으로 손을 흔들었던 사장은 퇴직 공무원이었다. 갈라파고스 근해에 서식하는 훔볼트오징어 정보를 입수하고 그 정보로 수산회사를 설립했다. 해양수산부 고위직으로 근무했던 까닭에 시험 조사 쿼터는 어렵지 않게 따올 수 있었다. 사장은 첫 선장으로 정우를 선택했다. 정우의 첫 선장 발령이다. 정우 역시 중요한 출어였다. 어획 성과에 따라 선장으로서의 생명과 명예로 이어지기 때문이다. 시험 조사란 것이 그렇다. 새로운 어장을 발견하는 것이다. 어장을 찾기만 하면 대박이다. 회사는 시험 조사한 어장에 관한 독점권을 한동안 인정받았다. 그동안 독점한 어장에서 타조업선과 경쟁하지 않고 엄청난 물고기를 잡을 수가 있다. 전재산을 투자한 사장의 미래가 정우의 어깨에 걸려 있었다.

"때가 이른 건 아닐까요?"

정우의 눈치를 살피며 통신장이 말을 건넸다. 물고기가 없다고 하지만 한 마리 입질도 없는 선장의 머릿속이 불안과 초조로 복잡해 보였다. 통신장으로서는 말 한마디 한마디가 조심스러울 수밖에 없다. 도저히 끊어낼 수 없는 불황이 스며든 바다에 적당히 바람도 불어주고 파도도 쳐서 바닷물을 섞어 주면 좋으련만 날씨마저 좋았다.

"감아라."

정우는 통신장의 말을 귓등으로 흘리면서 마이크를 잡았다. 정우는 선수드럼 앞에서 대기 중인 1항사에게 씨앙카를 감아드릴 것을 지시했다. 어장을 옮겨볼 참이다. 주변에는 병코돌고래라고 부르는 돌고래가 많았다. 이놈들이 훔볼트오징어를 모두 흩뜨리는 통에 어황이 없는지 알 수 없는 일이다.

어군탐지기 탐지 영역은 표층에서부터 1,000미터다. 정우는 어군탐지기에서 한시라도 벗어날 수 없었다. 정확히 작살을 던지기 위한 방편으로 고래의 숨구멍을 집요하게 노렸던 아버지처럼 절박한 만선의 낚싯줄을 당기려면 집중해야 했다.

정우가 노리는 훔볼트오징어는 체구가 크다. 동장이 2미터를 넘는 놈도 있다. 홀로 유영을 하기도 하지만 무리를 이루어 움직이기도 한다. 훔볼트오징어의 크기라면… 무리를 이뤄 떼로 움직인다면… 어군탐지기가 발견해 낼 수 있었다.

정우의 눈이 번쩍 뜨였다. 250미터 수심에 깨알 같은 점이 나타났던 것이다. 점은 시간 차이를 두고 다섯 개까지 늘어났다. 정우는 전속으로 달리던 배를 정지했다. 엔진을 정지하자 배는 관성에 따라 바다 위를 부드럽게 미끄러졌다. 정우는 수심을 조정하는 볼륨을 천천히 오른쪽으로 돌렸다. 흐릿하게 보이는 띠가 먼저 나타났다. 주간이라 부상하지 않은 동물성 플랑크톤일 것이다. 그런데 꺼림칙했다. 흐릿한 띠 주변의 점들이 수평으로 빠르게 움직이고 있었다. 대부분 두족류들은 수직 이동을 한다. 훔볼트오징어라고해서 습관과 본능의 범주에서 벗어나지 않을 거였다.

"데드슬로우!"

어군탐지기를 바라보고 있던 2항사가 후다닥 텔레그래프 쪽으로 움직였다.

"포트!"

2항사가 큰소리로 복창했다. 배는 자연스럽게 좌현으로 선회를 하며 다시 움직이기 시작했다. 점 기록이 나타난 주변을 더 살펴보기 위해서다. 정우는 뱃머리를 어디로 잡을까 망설였다. 불현듯 남쪽으로 가고 싶다는 생각이 들었다. 침로를 남쪽으로 정침했다. 다시 점 기록이 나타났다. 하나둘, 점을 세어가는 정우의 시선은 어군탐지기로 빨려들어 갈 것 같다. 긴장감으로 팽팽한 브리지엔 뱃전에서 부서져 내리는 파도 소리가 고요를 밀어냈다. 정우의 온몸이 점점 바다로 변했다.

바다에서 물고기를 찾는 건 결코 쉬운 일이 아니다. 사막에서 바늘 찾기랄까. 뱃사람들은 어획의 확률을 높이기 위해서 어군탐지기라든가 소나 등 최신 어로 장비에 의탁한다. 반면에 오감에도 충실해야 했다. 때때로 더 정확하게 곤두선 오감이 물고기를 찾아낼 때도 있었다. 날씨가 좋은 탓에 바다는 잔잔했고 시야는 넓었다. 정우는 어군탐지기에 의지하지만 가끔 해면을 살피는 눈탐도 병영했다. 새 떼를 찾기 위해서다. 새 떼가 날고 있는 바닷물 아래에서는 어장이 만들어질 확률이 높았다. 새가 날고 있는 바닷물 속으로 이뤄진 먹이사슬 때문이다. 새 떼는 먹이 사냥을 그런 곳에서 주로 했다.

해면을 살피던 정우의 시야에 뚜렷하게 눈에 띄는 물길이 보였다. 물길은 바다와 바다를 이편과 저편으로 가르며 굽이쳐 수평선을

흰긴수염고래 235

넘어갔다. 남적도와 남극에서 바삐 흘러온 훔볼트 해류와 크롬웰 해류가 맞부딪치는 접경 지대였다. 흔히 수렴대라고 부르는 물길은 성질 다른 바닷물이 섞이며 수군거리듯 찰랑거렸다. 게다가 무수한 물방울에 햇살이 굴절되어 블루 다이몬드처럼 빛났다. 바람이라도 불어 바다가 거칠면 두 해류가 뒤섞여 구별되기 어렵지만 날씨가 좋은 덕에 발견하기 수월했다. 당연히 많은 바닷새들이 먹이 사냥에 열중하고 있었다. 정우는 이곳을 어장으로 택할지 고민했다.

"훔볼트 해류가 강해졌나?"

라고 정우는 혼자 중얼거렸다. 정우는 다시 배를 정지시키고 조업 준비를 내렸다. 선원들 몸놀림이 빨라졌다. 때를 맞추어 어군탐지기에 나타났던 몇 개의 점들에게 무슨 상황이 생겼는지 흰 잔영을 끌고 수직으로 치솟았다. 흰 잔영은 수면에 가까워지자 한꺼번에 붉은 점으로 변했고 순식간에 어군탐지기에서 없어졌다. 시간차를 두고 흰 잔영마저 사라졌다. 어군탐지기에서 점들이 사라지자 불안한 조짐으로 브리지에는 막막한 적막이 찾아왔다. 그때 갑판으로부터 떠들썩한 환호성이 들렸다.

"고래다!"

아버지가 그렇게 쫓고자 했던 고래다. 바다로 나갈 수 없었던 아버지는 슬퍼하고 분노하고 절망했다. 아버지는 하루하루를 강소주로 채워갔다. 정우가 바람이나 쐬자 낚시질을 권해도 거부했다.

아버지의 꿈은 오로지 고래를 향하여 작살을 날리다 죽는 거였다. 그건 아버지가 자신을 바다와 합체하는 방법이었다. 아버지에게는 잊을 것이 있었고 절대로 잊지 못하는 것이 있었다. 아버지는 그렇게 세상 밖으로 나오길 거부한 채 자괴감 속으로 노년을 흘려보냈다. 포경이 금지되고 정우는 아버지의 세상으로 발길을 들여 놓지 못했다. 아버지가 돌아가시고 고등학교를 졸업했다. 어려운 가정 형편으로 진학을 포기하고 원양어선에 승선했다. 그리고 선장이 되었다.

"고래다!"

거듭해서 선원들의 환호성이 들렸다. 검회색 구름이 낮게 깔려 있는 선회창 밖으로 정우는 목을 빼냈다. 동시에 푸 하는 소리와 함께 브리지 곁에서 고래가 숨을 몰아쉬었다. 솟아오른 고래의 물뿜기는 9미터 상공에까지 이르렀다. 잠수하는 고래의 등에는 삿갓조개가 드문드문 붙어 있었다. 고래가 솟구친 파동으로 만들어진 파도가 연거푸 뱃전을 두들겼다. 고래는 잠수하기 전 정우를 응시했다. 낯설지만 맑은 눈이었다. 정우는 순간적으로 숨이 턱 막혀왔다. 얼마나 가까웠던지 내뿜는 물줄기를 뒤집어쓴 옷깃이 모두 젖었다. 반백 년 바다와 섞여 살아온 정우였지만 가까이서 살아있는 고래를 본 것은 이때가 처음이다.

4

뱃머리 앞에서 고래가 떠올랐다. 정우는 깜짝 놀랐다. 스트랜딩은 아니지만 배와 충돌할 수 있는 거리다. 고래는 엄청난 크기를 자랑했다. 수면 위로 드러난 긴 가슴지느러미로 인해 앞뒤 구분조차 안됐다. 고래는 아무렇지도 않게 뱃머리를 가로질러 잠수했다. 정우는 굵고 주름진 피부 밑에서 고래의 눈을 얼핏 보았다. 게슴츠레한 고래의 눈빛은 아버지를 떠오리게 했다. 그 눈빛은 임종 직전 정우를 지긋하게 바라보던 아버지의 것과 닮아있었다. 순간적이긴 했으나 고래의 눈은 정우와 아버지를 연결하는 끈이었다. 정우의 가슴 안쪽에 해인을 받듯 고래의 눈빛이 새겨졌다. 어디선가 또 다른 고래의 물뿜기 소리가 푸 하고 들렸다. 무관심한 고래는 배가 다가옴을 벌써부터 알고 있었으며 정우의 출현을 대수롭지 않게 여겼다. 두려움이 없는 바다의 제왕다운 몸짓이었다.

"저것 좀 보십시오."

곁에서 숨을 죽이고 있던 통신장이 말했다. 배와 멀지 않는 곳에 크고 작은 고래들이 보였다. 개중에 덩치가 작은 놈도 관찰되는 거로 보아 가족이 분명했다. 기이하게도 고래들은 쉬지 않고 수면 위를 엇박자로 솟구쳤다. 솟구치는 타이밍에 맞추어 작은 물고기들이 수면 위로 뛰어 올랐다. 고래 무리는 이따금씩 잠수를 멈추고 허공으로 물을 뿜어냈다. 물줄기는 하늘로 치솟았고 분수처럼 퍼져 짙은 수증기로 피어올랐다. 물보라는 바람에 실려 정우의 얼굴까지 날아와 내렸다. 물보라 속에는 퀴퀴한 냄새가 섞여 있었다. 고래 배 속에서 먹이가 소화되며 발생한 냄새였다. 이야기로만 전해 듣던 고래의 먹이 사냥 풍경이다. 훔볼트오징어 어장을 찾던 정우는 고래의 먹이 사냥터를 찾아낸 것이다. 정우가 수렵대라 생각했던 것은 포경선원들의 은어로 '맥'이다. 고래의 길이라고도 부르는 '맥'은 고래의 회유통로였고 먹이 사냥터이기도 했다.

"고랜가 봅니다."

통신장이 어깨를 으쓱했다.

"그렇군."

정우는 맥 풀린 목소리로 대답했다. 어군탐지기에 나타났던 점 이야기다. 정우는 점 기록을 훔볼트오징어라고 단정하지 못했다. 되돌아 생각해보면 고개를 갸우뚱거리게 하던 점들은 재빠르게 수평으로 이동했던 것이다. 그런데도 배를 정선하고 조업을 준비를 시킨 건 훔볼트오징어라고 믿고 싶은 마음이 컸다. 오랫동안 불황에 시달렸던 탓이다. 잔뜩 걸었던 기대가 통신장의 지적으로 일순간에 무너졌다. 그렇다고 실망감에 젖을 필요는 없었다. 때로 고래는 돌고래와 달리 물고기를 한 곳으로 모아주기도 했다. 훔볼트오징어라고 다를 리 없다. 정우의 마음속 한편에 이렇게 숨은 계산이 있었다.

고래는 바다에 떠다니는 모든 것을 먹는다고 한다. 눈에 보이지 않는 식물성 플랑크톤에서부터 바다사자까지 먹이였다. 놀랍게도 동족인 고래도 공격했다. 정우가 노리는 훔볼트오징어도 고래의 먹이다. 정우는 낚시를 이용해 훔볼트오징어를 어획했다. 그러나 고래들은 버블클라우드라는 물방울 그물을 만든다. 정우에게 어탐은 뒷전이 되었다. 고래의 사냥을 자세히 알고 싶었다. 그러자면 좀 더 고래에게 근접해야했다. 정우는 2항사에게 미속으로 전진할 것을 지시했다. 가벼운 진동이 생기면서 배는 슬금슬금 고래 쪽으로 다가가기 시작했다. 고래들은 전혀 경계심을 갖지 않았다. 포경선으로부터 작살을 받고 멸종의 길에 들만도 했다.

먹이 사냥에는 경험이 풍부한 고래가 리더를 맡는다고 했다. 마치 포경선에서 작살을 날리는 포장처럼 상황에 따라, 먹이에 따라 전략을 짜기 때문이다. 이번 사냥에는 뱃머리 앞에서 솟구쳤던 고래가 리더였다. 흩어졌던 고래 무리가 한 팀을 이뤄 일정한 방향을 향해 몰려들었다. 고래들은 이때 소리를 내며 먹이를 한 곳으로 몬다고 한다. 리더인 고래가 물방울 그물을 만들기 시작했다. 바닷속에서부터 스쿠버다이버가 공기를 뱉듯 크고 작은 물방울이 솟아올랐다. 고래는 분수공의 근육을 이용해 물방울의 크기도 바꿀 수 있다 했다.

물방울 그물은 밀렵꾼이 숨겨 놓은 눈밭 속 올무 같았다.

고래 무리는 물방울 그물을 빙빙 돌았다. 이동하던 배가 물방울 그물의 범위에 들어섰다. 배 주변의 해수면이 뚜렷한 윤곽선을 만들며 끓어올랐다. 정우는 배의 정지를 지시했다. 더 다가간다면 먹이 사냥을 방해할 것 같았다. 고래의 먹이로 전락한 물고기에겐 공포였겠지만 철저한 협동과 물방울 그물로 먹이를 군집시키는 두뇌가 놀라울 뿐이다. 물방울 그물에 물방울 그물이 겹쳐서 물고기의 탈출로는 없었다. 고래들은 번갈아 숨을 짧게 들이마시고 길게 내뿜었다. 물줄기는 햇살에 무지개를 만들었다. 모두 다섯 마리였다. 고래 무리의 사냥은 성공을 예측하듯 일요일 오후에 하는 산책처럼 느긋했다. 아니 아름다웠다.

시간차를 두고 물방울 그물은 점점 좁혀졌다. 때때로 중간에서 뜨거운 물에 들어간 물고기처럼 군집된 물고기들이 퍼덕이며 뛰어올랐다. 물고기가 뛰어오르는 소리는 정우에게까지 들렸다. 물고기들이 생존을 다투는 처절한 율동을 둘러싸고 고래 무리는 마치 축구 경기에 나선 선수들처럼 절묘하게 팀을 이루었다. 마침내 물고기들의 목숨에 종지부를 찍어야 하는 시간이 당도했다. 생명의 위엄으로 가득한 해수면이 1미터 정도 순간적으로 출렁거리며 상승했다. 수초가 지나지 않아 그 중간을 무너뜨리며 고래가 연거푸 치솟아 올랐다. 물고기들이 쏟아진 물방울 그물에 쫓겨 해수면 위에서 벚꽃처럼 흐드러질 때 정우가 발견한 건 고래의 커다란 입이다. 그리고 죽음과 신생이 공존하는 풍선처럼 부풀어 오른 흰 뱃구레였다.

"와!"

선원들로부터 동시에 환호성이 터졌다. 고래 가족은 그렇게 반복해서 사냥을 계속했다. 먹이를 둘러싸던 물방울 그물이 사라졌다. 마침내 고래 가족의 먹이 사냥이 끝났다. 고래의 먹이 사냥을 돕던 새 떼도 둥지를 찾아 돌아갔다. 배를 채운 고래 무리는 꼬리로 해수면을 찰싹찰싹 두드렸다. 소화를 시키기 위해 가볍게 운동을 하는 것처럼 보였다. 롭테일링이라고 부르는 고래들의 놀이다. 정우는 대왕고래를 잡아 장생포항으로 귀항하던 아버지 모습이 떠올랐다. 한쪽 가슴이 찢어지는 듯 아려왔다. 정우는 손으로 가슴을 누르며 심호흡을 했다. 어둠이 몰려오고 있었다. 고래 가족은 어디론가 사라져버렸다. 이곳이 어장이다. 마음을 결정한 정우는 씨앙카를 던지라는 지시를 내렸다.

"고기다!"

조업을 감독하고 있던 1항사가 외쳤다. 고함 소리에 놀란 정우는 잠에서 깨었다. 시간을 확인하니 밤 9시다. 씨앙카를 던져 놓고 선잠에 빠졌던 모양이다.

"고기다!"

선원들이 외치는 소리도 따라 들렸다. 정우는 재빨리 어군탐지기에 시선을 고정했다. 어군탐지기가 온통 붉게 변해있다. 갑판은 벌써부터 훔볼트오징어가 뿜어 놓은 먹물로 먹물바다였다. 갑판 이곳저곳에서 훔볼트오징어를 당겨 올리려는 선원들이 안간힘을 쓰고 있었다. 정우는 훔볼트오징어를 바라보며 눈가를 훔쳤다. 눈물이 쏟아질 것만 같았다. 그토록 애를 태웠던 어장을 찾았다.

5

결국 정우는 태풍에 휩쓸렸다. 기압은 멈출 줄 모르고 떨어졌다. 태풍은 북상을 하며 발달했다. 예상보다 이동하는 속력이 빨랐다. 브리지 유리창을 두드리는 빗줄기는 더욱더 굵었다. 이따금 우박마저 내렸다. 항로를 변경한 탓에 선미로부터 엄청난 파도가 밀려들었다. 피항 항법 중 가장 위험하다는 스커딩 항해다. 선미 바람이 세크퍼 30미터다. 바다는 순식간에 화이트아웃 상태가 되었다. 자동조타마저 불가능하다. 아차 하면 선원들의 미래조차 보장할 수 없었다. 넘쳐 들어온 바닷물이 선내로 밀려들었다. 갑판으로 통하는 출입구를 봉쇄했다. 정우는 선원들에게 라이프자켓 착용을 지시했다. 사태의 심각함을 깨달았는지 2항사의 얼굴이 노랗게 변했다.

흘수선에서 부서지는 파도 소리가 쿵쿵 하고 들렸다. 7미터를 넘어가는 파고다. 배는 풍압 때문에 선수 방향을 잡지 못해 이리저리 흔들렸다. 끝없이 몰려오는 바람과 파도로 바다는 거칠어져 갔다. 정우는 배의 속력을 더 가속한 다음 직접 조타를 했다. 황천에는 선속과 선수 방향을 적절하게 조절해야 한다. 너무 빨라도 안 되고 느려도 안 된다. 잘못해서 파도에 뱃머리가 밀리기라도 한다면 브로칭 투가 된다. 상상하기도 싫지만 브로칭 투가 되면 대부분 배가 전복된다. 당연히 많은 배가 브로칭 투로 침몰했다. 그런 까닭에 황천에는 노련한 기술과 경험이 필요했다. 바닷물을 뒤집어 쓴 탓에 습기가 차 앞이 보이지 않았다. 정우는 습기를 제거하기 위해 히터의 레벨을 강으로 올렸다. 하지만 조타륜을 붙잡고 있는 손아귀에는 식은땀이 저절로 고여 왔다.

피항의 긴장감으로 갈증이 일었다. 정우는 생수를 병째로 벌컥벌컥 들이켰다. 태풍을 몇 개나 겪었지만 이번 것은 상상 밖이다. 이럴 줄 알았으면 마지막 세트는 포기해야 했다. 그러나 세트에 30톤도 너끈한 물고기를 포기할 수 없었다. 물고기를 따라다니는 건 뱃사람의 숙명이기도 했다. 바다가 두렵다면 애당초 배를 타지 말아야 했다. 서둘렀다. 작업은 예상하고 있던 시간을 훨씬 넘겨 끝났다. 게다가 항로마저 변경하지 않았던가. 후회는 아무리 빨라도 후회였다. 태풍에서 빨리 벗어나는 것이 황천 상황에서 최선을 다하는 일이었다.

　갈라파고스뿐만이 아니다. 황천 항해 중인 드레이크 해협에서, 허리케인에 쫓기던 뉴펀들랜드 그랜드뱅크에서, 죽음의 암초들로 가득했던 마이크로네시아에서 고래는 어김없이 나타났다. 그리고 항로를 이끌었다. 그저 고래다. 처음엔 신기하다는 생각밖엔 들지 않았다. 자연의 섭리가 오묘하다지만 넓고 넓은 대양에서 고래를 만나기가 쉬운 건 아니다. 곤경에 빠질 때면 나타나 힘을 보태어주는 고래였다. 무언가 인연의 질긴 줄이 닿지 않고서는 어려운 일이다.

　정우는 언제부터인가 뱃머리 앞에 불쑥불쑥 솟는 고래가 아버지라고 믿고 싶었다. 아니 믿었다. 그렇지 않고서야 어떻게 똑같은 일이 반복될까. 아버지는 정우가 자신 뒤를 이어주길 바랐다. 장생포를 찾을 때면 꼭 정우를 대동하곤 했다. 그런 까닭에 아직까지 동해 호를 처분하지 못한 채 세월에 맡겨 놓고 있다. 아버지는 임종 직전 정우에게 고백했다. 평생을 뱃사람으로 보낸 고독함과 쓸쓸함에 대하여, 다정다감하게 자식들과 소통하지 못한 미안함에 대하여 그리고 고래를 쫓아 내달렸던 수평선에 대하여, 그 경계에서 생겼다 사라지는 일출과 일몰에 대하여… 그리고 자신을 바다에 뿌리라고 부탁했다.

"안 된다."

어머니는 단번에 거부했다.

"마지막 말씀이었습니다."

아버지가 돌아가시자 어머니의 반대에도 불구하고 정우는 유골을 경해바다에 뿌렸다.

아버지 생각으로 정우가 정신을 잠시 놓고 있을 때 우지직거리는 소리가 선미 쪽에서 들렸다. 선미를 후려친 파도였다. 상갑판에 지어진 마른 부식 창고가 산산조각 났다. 배는 휘청거리며 왼쪽으로 기울었다. 정우는 충격에 의해 조타륜을 놓고 브리지 구석에 처박혔다. 뒷머리가 어질어질해 정신을 차릴 수 없었다. 정우는 엉금엉금 기어 필사적으로 조타륜을 붙잡았다. 낙천적이고 긍정적인 정우도 두려웠다. 기상 상태로 보아 이대로 침몰하겠다는 불길한 생각이 들었다. 다행히도 배는 재빨리 복원력을 회복했다. 그리고 항로를 유지했다.

고래였다. 다시 고래가 보였다.

정우가 조타륜을 잡고 안간힘으로 버틸 때 뱃머리 앞의 덩치는 틀림없는 고래였다. 정우 앞에서 고래는 거침없이 파도를 헤치고 있었다. 하얀 포말의 파도가 뒤를 따랐다. 정우는 바다의 군주라는 듯, 내가 다 알아서 할 터이니 걱정하지 말라는 듯 물줄기를 시원하게 뿜으며 로깅하는 고래가 그렇게 듬직할 수 없었다. 불안으로 가득했던 마음이 차분하게 가라앉기 시작했다. 정우는 비로소 안도의 숨을 몰아쉬었다.

"등대입니다."

2항사가 가리키는 방향에서 등댓불이 나타났다 사라졌다. 정우는 얼른 레이더 화면을 들여 보았다. 거리가 18마일로 고정된 레이더에는 비구름 밖에 찍히지 않았다. 기상이 엉망인 탓이다. 정우는 그제야 DGPS 프로트 화면을 확인했다. 묘박지로 선정한 시리야사끼 등대와 12마일 떨어진 곳이었다. 다시 등댓불이 반짝거렸다. 정우는 마음으로 섬광 시간을 세었다. 시리야사끼 등대였다.

"기압이 멈췄습니다."

등댓불을 초인한 2항사 목소리는 활기찼다. 기압이 하강하지 않는다는 건 태풍 중심에 근접해 있고 중심을 통과하고 있다는 의미다. 그것은 바람의 세기만으로 짐작할 수 있다. 물론 육지에 근접하면 육지가 바람을 막아주는 역할을 하긴 했다. 바람은 세크퍼 15미터였다. 세크퍼 15미터이면 맞바람을 받고 걸어갈 수 없지만 세크퍼 30미터로 워낙 강했던 바람이라 잦아든 것처럼 느껴졌다. 드디어 6마일 거리에서 해안선이 레이더에 찍혔다. 육지가 가까워지자 대양의 공기와는 전혀 다른 풋풋한 나뭇잎 냄새도 느껴졌다. 후폭풍이 더 무섭다는 뱃사람 말이 있었다. 기압의 이동으로 인해 떨어진 기압이

흰긴수염고래 247

원래 기압을 회복하며 부는 바람이다. 그러나 걱정할 필요는 없다. 잠시 후면 안전한 묘박지에 닻을 내릴 것이다.

정우는 고래를 찾았다. 고래는 정우의 마음을 다 알고 있다는 듯 여전히 잠수와 부상을 거듭하며 배를 이끌고 있었다. 그러다 어느 순간 사라졌다.

"아버지."

고래 행적을 쫓아가던 정우의 젖은 눈이 붉어졌다.

작품 해설

'물의 감옥'과 탈출의 욕망
— 이윤길, 『하선자들』

김동현(문학평론가)

1.

이윤길의 『하선자들』에서는 두 개의 힘이 대결한다. 하나는 탈출의 욕망이다. 소설 속에서 '탈출'은 빈번하게 등장한다. 「387대원호 항해보고서」, 「떠도는 섬」, 「태평양 수렵대」, 「페루에서」 등의 인물들은 모두 뭍의 삶으로부터 탈출하기 위해 바다로 향한다. 꽁치를 의인화한 「과메기, 漁」의 물고기마저 현실의 삶에서 벗어나고자 한다. 그들에게 뭍이란 "반겨줄 가족이 없는" "바다보다 더 적적하고 쓸쓸"한 곳이거나(「387대원호 항해보고서」) "부서진 삶의 조각"들만 가득한 "속박된 현실"(「떠도는 섬」)이다.

  그들에게 떠날 이유는 차고도 넘친다. 「387대원호 항해보고서」의 '민주'는 어린 시절 보육원에 버려졌다. '민주'에게 바다는 "지긋지긋하고 끔찍했던 보육원 생활에 마침표를 찍을 수 있"는 선택지였다. '민주'는 바다에서 "말할 수 없는 평안함"과 "자유"를 만끽한다. 「떠도는 섬」의 '정호'도 마찬가지다. '정호'에게 바다는 "현실을 벗어나"기 위한 "비상구"였다. 하지만 그들의 선택은 자유가 아니라 또 다른 구속이다. 소설 속 인물들은 그들이 누리는 평온과 자유가 죽음을 볼모로 했다는 사실을 곧 깨닫는다. "바다에서 살아야 한다는 건 죽음을 담보로" 해야 하는 것이기에 바다는 또 다른 구속이다.(「387대원호 항해보고서」) 바다로 향했고, 정작 바다에 왔지만 바다는 감옥이 되어 버렸다. 그들은 감옥이 된 "바다를 벗어나고 싶"어 한다.(「떠도는 섬」)

  『하선자들』의 한 축이 탈출의 욕망이라면 또 다른 축은 '바다'라는 원초적 힘이다. 소설 속 인물들은 이런저런 사연으로 뭍의 삶을 견디지 못해 도망치듯 바다를 선택했지만 바다는 그 선택을 쉽게 용인하지 않는다. 그 힘은 때론 그들을 죽음으로 몰고 가기도 한다. 평생 바다를 떠도느라 유방암에 걸린 아내를 홀로 있게 했다는 죄책감에서 벗어나기 위해 바다로 향했던 '필재'도(「페루에서」), 해발 3천

미터의 숨 막힌 현실을 벗어나기 위해 원양어선을 선택한 네팔 선원 '구릉'도 결국 바다에서 죽음을 맞는다.(「태평양 수렴대」)

이렇게 보면『하선자들』은 인간과 바다의 대결을 그리고 있다고 생각할 수 있다. 하지만 그 대결의 방식은 단순하지 않다. 그것은 이윤길의 글쓰기가 인간과 자연이 일방의 힘으로 대결하는 승부에 관심을 두고 있지 않기 때문이다. 소설 속에서 드러나는 팽팽한 긴장은 힘과 힘이 부딪히는 데에서 오지 않는다. 그것은 '맞섬의 대결'이 아닌 '수렴의 긴장'이다. '필재'와 '구릉'의 죽음이 보여주는 것처럼 소설 속에서는 탈출의 욕망이 일면 좌절되는 것처럼 보이지만 그것은 단순한 좌절로 끝나지 않는다. 인간의 힘이 자연의 힘으로, 바다의 완강함이 인간의 얼굴로 그렇게 서로가 서로의 힘을 수렴하는 변증의 긴장이다.

이윤길이 그리는 바다는 감옥이되, 집이며, 고향이다. "먼지뿐인 주머니를 채우기 위해 바다로" 올 수밖에 없었던 '정호'(「떠도는 섬」)나, 부모의 임종을 지키지 못하는 갑판장에게, 바다는 "커다란 벽"이다.(「알폰시노」) 그것은 실존하는 물리적 힘이다. "바다에 갇혀" "육지에서 무슨 일이 벌어지고 있는지"도 모른 채 계약 종료 통보를 받게 되는 실재의 힘이다.(「하선자들」) 바다는 그 실체적 단절의 힘으로 인간을 가두어 버린다. 그렇기에 「떠도는 섬」의 '정호'는 "잠시나마 바다를 잊"고 "막 고등학생이 된 딸"과의 행복한 한때를 꿈꾼다.

 이윤길의 소설을 이해하기 위해서는 바다라는 힘의 중심을 들여다봐야 한다. 원심력과 구심력이 맞서는 긴장은 그 중심에서 기원한다. 소설 속 인물들은 바다를 벗어나고 싶어 하지만 바다는 숙명이다. 떠나고 싶지만 벗어날 수 없다. 뭍을 벗어나고 싶어서 그들은 바다로 향했다. 하지만 바다에서의 삶도 녹록하지만은 않았다. 뭍에서 도망치기 위해 바다로 향했지만 바다야말로 또 다른 속박이다. 그것을 이윤길은 '물의 감옥'이라고 부른다.

> 바다에서 살아야 한다는 건 죽음을 담보로 했다. 그러나 자신이 기댈 곳은 바다, 그곳밖에 없었다. 이젠 나이도 쉰이다. 급하고 바쁜 마음이 들 때였다. 텅 비어 있는 가슴은 뭔가에 기대어야만 했다. 물의 감옥, 민주는 스스로 물의 감옥에 갇히기로 마음을 굳혔다.(「387대원호 항해보고서」, 97-98쪽)

 「387대원 항해보고서」는 항해 중에 발전기 고장으로 표류하다 선단조업선에 의해 예인되어 귀국길에 오른 주인공 '민주'의 삶을 중심에 두고 있다. 부모에게서 버림받은 민주는 내몰리듯 바다로 향한다. 하지만 그 바다에서의 삶은 죽음을 담보로 했다. "말할 수 없이 평안함을 주었"던 바다란 유폐를 각오해야 하는 장소이다. '물의 감옥'에 갇힌 40년의 세월을 뒤돌아보면서 '민주'는 결국 바다만이 자신의 집이고 고향이라는 사실을 깨닫는다.

소설 속 인물들은 스스로를 '물의 감옥'으로 내던진다. 그것의 표면적 동기는 잃어버릴 것 없는 뭍에서의 경험 때문이었다. 뭍이 싫어서 바다로 떠난 그들에게 바다는 탈출의 대상이다. 하지만 그들이 선택한 바다 역시 삶의 중력에서 벗어날 수 없다. 바다나 뭍이나 삶은 계속된다. 이윤길 소설이 바다와 삶을, 탈출과 속박을 동시에 이야기하는 이유도 여기에 있다.

소설 속 인물들에게는 하나같이 바다를 선택할 수밖에 없는 사정이 있었다. 병역 특례를 위해 배를 탄 봉회(「알폰시노」)나 조국 필리핀의 수산업을 위해 한국행 어선에 몸을 실은 '나'(「셔틀랜드 제도 근해」), 집안 형편 때문에 바다를 선택한 최 선장(「하선자들」), 그들은 모두 절박한 사연을 지니고 있다. 그들은 감당할 수 없는 삶의 무게를 벗어나기 위해 바다로 향한다. 이유는 다양하지만 결국 그들을 바다로 향하게 한 것은 '바다의 자장(磁場)'이었다.

그들은 바다라는 소실점을 향한다. 마치 바다로 가면 지긋지긋한 뭍의 기억들이 사라질 것이라는 기대를 지니고서. 정작 바다로 와서도 그들은 뭍에 긴박되어 있다. 물리적 격절조차 삶의 연속성을 단절시킬 수 없었다. 벗어나려고 해도 벗어날 수 없는 삶이라는 채무는 여전했다. 바다는 소실점이 아니라 또 다른 삶의 입구일 뿐이다. 바다에 와서야 그들은 바다의 숙명을, 삶의 한계성을 깨닫는다.

2.

바다의 이야기는 뭍의 이야기이며 삶의 이야기이다. 바다의 삶은 뭍의 삶이며 뭍의 삶은 바다의 삶이다. 삶이라는 동어반복을 감내할 수밖에 없는 게 바로 인간의 '숙명'이다. 이윤길의 소설에서 이런 숙명적 태도를 확인하는 일은 어렵지 않다. 소설집에 수록된 소설 중에서 눈에 띄는 작품이 「과메기, 漁」다. 이 작품은 "의심과 적대감"으로 가득한 채 "먹이 찾기에만 혈안이 된" 인간의 삶을 한 마리 꽁치를 통해 솜씨 있게 다뤄내고 있다. 주인공인 '그녀'는 다른 꽁치들과 다르게 살고 싶어 한다. '그녀'는 손꽁치들이 일분지 해류를 타고 한국 장생포 해안으로 와서 과메기 신세가 되는 삶을 거부한다.

그날은 무언가에 홀린 것처럼 가슴이 들끓어 올랐다. 그렇게 말초신경이 뜨거워졌을 때 무언가가 그녀에게 중얼거렸다. 떠나라는 뇌리의 지시가 온 몸뚱이를 흔들었다. 그녀는 그 뜨겁고 뜨거운 느낌에 저항할 수 없었다. 드디어 그녀는 암초를 벗어났다. 사실 이런 순간을 기다렸다. 아침 식사를 위해서 먹이를 사냥할 때면 천적의 습격보다는 어디론가 훌쩍 떠나는 모습을 상상하곤 했다. 천적인 대구 중치를 만나 무저갱으로 떨어진다고 해도 어쩔 수 없다. 우선은 마음이 시키는 대로 하는 것이다.(180쪽)

'그녀'는 평범한 삶 대신 "더 넓은 바다로 가보고 싶"어한다. 그것은 "마음이 시키는 대로" 사는 삶에 대한 선택이다. '그녀'는 선택을 주저하지 않는다. "먹이를 구하지 못해 겪는 배고픔"이 아니라 "심연의 바닥에 가닿을 수 없"는 좌절을 더 두려워한다. 한때 험한 여정의 동반자였던 게르치와의 우정도 뒤로하고 "앞으로 앞으로 나아" 간다. 천적인 바닷새의 낙하도, 범상어의 이빨도, 참치 떼의 공격도, '그녀'는 감수한다. "고래회충이" "흉측한 촉수를 박아 넣"어도, 전진의 욕망을 멈추지 않는다.

다른 삶에 대한 욕망의 이유는 '그녀' 안에 알이 자라고 있었기 때문이었다. 모든 고기들이 산란한다는 그곳을 향해 '그녀'는 힘든 여정을 계속한다. 쿠로시오 해류와 오야시오 해류가 부딪히는 수렴대에서 그녀는 수컷을 만나고 드디어 알을 낳는다. "방출을 마친 수컷"이 "심연으로 사라"지자 '그녀'는 다시 혼자가 된다. 알을 낳고 "쇠약해지며 늙어가고 있"는 '그녀'는 인간의 봉수망에 잡히고 만다. 봉수망에 잡힌 '그녀'는 과메기로 해풍에 말려지게 된다.

이 작품은 과메기가 되어 말라가는 꽁치의 한 생(生)을 동화적 상상력과 서정적 문체로 그리고 있다. 남들과 다른 삶을 꿈꾸었던 꽁치를 주인공으로 내세워, '그녀'의 고단한 여정과 비극적 운명을 보여주고 있다. 이 작품은 단순히 꽁치의 일생을 다루고 있지 않다. 여기서 그려지고 있는 꽁치는 스스로의 한계에 도전하고자 했던 한 인간의 숙명에 대한 비유처럼 읽힌다. 작품에서 '그녀'는 일분지 해류를 타고 과메기가 되고 마는 손꽁치들과 다르게, 삼분지 해류를 선택한다. 이런 선택에는 욕망을 꿈꾸는 것과 욕망을 실현하는 일은 전혀 다르다는 전제가 깔려 있다. 게다가 '그녀'의 욕망은 온전히 '그녀'의 것이다. 타인의 욕망을 욕망하는 게 아니다. 그렇기에 '그녀'는 "의심과 적대감으로 먹이 찾기에만 혈안이 된 동족에게 저항감마저" 느낀다.

하지만 그런 '그녀'조차도 꽁치의 운명을 벗어날 수는 없었다. 알을 낳은 이후에 쇠약해지고 늙어간 '그녀'는 인간의 그물에 걸리고 만다. 그렇게 '그녀'는 과메기 신세가 된다. 해풍에 말라가면서 '그녀'는 "바다의 날들"을 떠올린다. "자신이 태어났던 암초의 그늘"과, 함께 우정을 나누었던 "게르치"와, 산란을 도와줬던 "수컷"을 생각하며, '그녀'는 그렇게 과메기가 되어간다. 이윤길 소설 속 인물들이 뭍에서 벗어나려고 몸부림치면서 바다로 향했지만, 결국 삶이라는 숙명을 벗어날 수 없었던 것처럼, 과메기인 '그녀'도 꽁치의 숙명으로 생을 마감한다.

꽁치의 생(生)을 통해 이윤길이 말하고자 하는 바는 무엇인가. 이윤길은 수동적 운명론을 옹호하지 않는다. 그가 말하는 숙명이란 엄연히 존재하는 한계에 대한 인식이다. 벗어나려고 할수록 더욱 단단한 끈으로 옥죄어오는 것이 바다이고, 삶이라는 사실을 받아들이는 겸허함이다. 인간이란 그런 존재다. 삶과 죽음이라는 원초적 한계를 받아들이는 것, 그것이 이윤길이 말하는 숙명이다. 하지만 이윤길은 숙명이라는 한계 안에서 또 다른 희망을 놓지 말아야 한다고 이야기한다. 꽁치가 삼분지 해류에 몸을 던지듯, 우리도 언젠가는 삶에서 다른 선택을 해야 한다. 인간으로 태어나 결국 인간으로 죽을 수밖에 없지만 그렇다고 해서 또 다른 꿈을 포기해서는 안 된다. 삶이라는 한계는 그렇게 끊임없이 확장되는 것이다. 바다로 탈출한다고 해서 '나'라는 본질적 존재가 변하지 않지만 그래도 한번은 나아가 보는 것. 그것이 때로는 죽음으로 귀결된다고 해도, 그렇게 삶의 한계를 끝까지 밀고 가보는 것. 그것이 이윤길이 말하는 숙명의 정체다.

3.

「과메기, 漁」가 꽁치를 내세워 인간의 숙명을 보여준다면 「태평양 수렴대」는 또 다른 숙명의 모습을 보여준다. 소설은 수렴대를 설명하면서 시작한다. 소설 속 설명에 의하면 수렴대는 해류가 지구의 자전과 바닷물 수온 차이로 흐르다가 일정한 수역에서 멈추는 곳이다. 해류가 일시 정지되는 지역. 마치 "무풍대를 떠도는 유령선"이 떠도는 것과도 같은 곳이 수렴대다.

소설에는 네팔 치앙마이 출신인 '나'(텔파)와 구룽이 등장한다. 그들의 고향은 네팔의 수도인 "카트만두에서 비행기를 타고 한 시간을 날아가"고 "차가 들어갈 수 없는 산길을 여덟 시간이나 걸어"야 되는 '치앙마이'다. 평생 바다를 본 적도 없는 이들이 한국 어선에 탑승한 이유는 '탈출'의 욕망 때문이다. 텔파와 구룽은 중학교를 졸업하고 국비장학생 통보를 받는다. 카트만두 고등학교에서 전문적 직업 교육을 받을 수 있는 기회였다. 하지만 친구인 구룽이 텔파에게 떠나자고 말한다. 구룽은 이미 스쿠버다이빙 자격증까지 따뒀다. 바다는 없지만 호수는 있었기 때문이었다. 구룽은 스쿠버다이빙 자격증을 "내 인생을 탈출하기 위한 도구의 하나"라고 여겼다. 구룽의 제안을 텔파는 받아들인다. 탈출의 선택지는 한국이었다.

> 구룽은 그때 탈출이란 단어를 입에 올렸다.
> 멀리. 더 멀리. 또 다른 기회가 이거야. 구룽이 고개를 들고 조용히 내 눈을 바라보았다. 구룽의 눈은 한 번도 가본 적 없는 바다처럼 나를 설득했다. 한국은 진즉부터 가보고 싶은 나라였다. 밤새도록 인터넷 서핑을 하면서 알게 된 나라이다. 코리안드림이란 말도 심심치 않게 친구들로부터 들었다. 네팔마저 벗어나야 한다는 것은 두려움일 수 있으나 그와 함께라면 그 어느 곳에도 갈 수 있을 것 같았다.(74쪽)

그들의 탈출은 "해발 3,000미터. 숨이 턱까지 차오르는", '현실'을 벗어나기 위한 선택이었다. 그것은 "신천지로 가는 비상구"였다. "더 먼 곳을 보게 되고 더 많은 것을 알게 되고 빛나는 눈을 갖게"될 기회였다. "관광객을 상대로 하루 종일 일해야" 겨우 먹고 살 수는 있는 고된 노동에서 벗어날 수 있는 수단이었다. 그들은 "어딘가 낯선 곳으로도 가 부딪히고 으스러지더라도 떠나봐야지"하는 심정으로 원양 어선 선원에 지원한다. "네팔에서 버는 돈의 다섯 배"인 '월급 250달러'도 또 다른 이유였다. 그렇게 테팔과 구룽은 중국, 베트남, 인도네시아, 필리핀 선원들과 함께 바다로 떠난다.

바다에서의 생활은 낯설고 고된 노동의 시간이었다. 선장을 비롯한 한국 선원들의 편견과 욕설은 덤이었다. "평생 동안 바다도 못 본 놈을 뱃놈이라고 데리고" 일해야 하는 선원의 푸념과 "시도 때도 없이 욕을 내뱉는" 1항사의 비아냥을 견디던 어느 날 배의 기관실이 침수된다. 침수를 막지 못하면 배는 침몰이다. 침몰을 막기 위해서는 물에 잠긴 기관실로 잠수해 작업을 해야만 했다. 이때 구릉이 잠수를 자원한다. 스쿠버다이빙 자격증이 있는 것도 이유지만 다이빙 두 번에 600달러라는 현실적 보상이 우선이었다. "그 돈이면 치앙마이에선 6개월을 생활할 수 있는 거액이었"기 때문이었다. 구릉은 침수된 기관실로 잠수한다. 그게 마지막이었다. 구릉은 끝내 다시 올라오지 못한다. 혼자 남은 텔파는 오열한다.

이거였나? 이렇게 되려고 그 오랜 시간 동안 멀리, 더 멀리 탈출을 꿈꾸었나? 구릉의 차디찬 손을 잡고 나는 오열한다. 자식아, 장난이야! 잠깐 장난쳤어! 나는 환상에 빠지지만 구릉의 파리한 입술은 묵묵부답이다.
"운명이다."

선장이 말하듯 나를 위로를 하지만, 뭐 이런 지랄 같은 운명이 있는가?(89쪽)

텔파는 이해할 수 없다. 치앙마이를 탈출하고, 마사지와 세신으로 보낸 3년을 탈출했는데, 결국 구릉은 돌아올 수 없는 곳으로 가고 말았다. 친구의 죽음 앞에서 "더 멀리, 탈출을 꿈꾸었나?"라고 묻지만 그 물음에 답할 몸은 없다. 죽음은 삶으로부터의 탈출이다. 영원하고 단호한 결별이자 더 이상 탈출을 용납하지 않는 영원하고 유일한 탈출이다.

"구릉! 너 없이 이곳을 어떻게 탈출할까?"
나는 나도 모르는 사이 부르짖는다. 치앙마이를 벗어나면서… 카트만두를 벗어나면서 나를 설득한 구릉은 떠나자! 라고 말하지 않는다. 나 역시 떠나면? 이라고 묻지 않는다. 멀리, 더 멀리 벗어날 곳이 없다는 걸까. 서럽다. 그러나 눈물은 더 이상 흐르지 않는다.
죽음은 번개처럼 왔다가 모든 걸 지우고 자취 없이 사라진다. 죽음 또한 삶의 한 부분이고 삶의 탈출이다. 삶은 수 천만가지 인연을 가지고 우리 주위를 어슬렁거린다. 그러다 우리의 뒷덜미를 잡아챈다. 삶은 그 인연에 이끌려 풀리기도 하고 끊어지기도 한다. 시간이 지나자 나는 그의 유품을 정리했다. 신발과 시계 속옷 등등 그리고 사진 한 장. 사진 속의 구릉은 눈이 머문 곳이라는 히말라야를 배경으로 서 있다. 시선은 무심한 듯 먼 곳, 산맥들을 바라보고 있다. 구릉 뒤의 만년설을 배경으로 천일홍 붉은 꽃잎이 유난히 눈을 찌른다.(93쪽)

혼자 남은 '나'(텔파)는 "죽음 또한 삶의 한 부분이고 삶의 탈출"이라고 여긴다. 그것이 숙명이기 때문이다. 이 작품도 「과메기, 漁」와 마찬가지로 탈출의 숙명을 보여준다. 따지고 보면 탈출은 삶이라는 자장이 얼마나 강력한지를 보여주는 말이다. 속박의 힘이 강할수록 탈출의 반발도 세어진다. 하지만 숙명은 불행이 아니다. 숙명은 삶의 한계에 대한 겸허한 인식이다. 이렇게 이윤길의 소설은 숙명을 받아들이는 자의 자세를 진지한 태도로 보여준다.

4.

「과메기, 漁」, 「태평양 수렴대」가 숙명에 대한 작가적 해석을 보여준다면 「흰긴수염고래」는 고래와 인간의 교감을 감동적으로 그려내고 있다. 소설은 폭우가 태평양 전역을 휩쓸고 있는 상황에서 서둘러 피항하는 선박을 보여주면서 시작된다. 말 그대로 '황천(荒天) 항해'를 해야 하는 상황이다. 이 배의 선장은 '정우'다. 황천 항해 경험이 풍부한 '정우'지만 이번만큼은 예상 밖이었다. '정우'는 "혼슈 북단 시리야사키 항을 새로운 피항지로 변경"한다. 그때 선박의 앞에 고래가 느닷없이 부상한다. 고래는 '정우'의 배를 따라오면서 부상(浮上)과 잠수(潛水)를 반복한다. 배에 바짝 붙어서 헤엄을 치는 고래와 정우는 순간 눈이 마주친다.

유영하는 고래는 손에 잡힐 듯 가깝다. 경계심이란 찾아 볼 수 없었다.
…(중략)… 당당한 유영 모습을 지켜보던 정우는 황천이란 사실마저 잊어버렸다. 파도가 다시 몰려왔다. 고래가 잠수하기 위해 고개를 내밀었다. 정우와 고래의 눈이 마주쳤다. 찰나였다. 정우는 고래의 그윽한 눈빛에 눈이 부셨다. 그 순간 정우의 가슴은 정체 모를 뜨거운 것으로 화끈거렸다.
"아."
피항으로 굳어졌던 정우의 얼굴이 밝아졌다. 정우는 그때서야 깨달았다. 아버지가 지켜주고 있다는 것을. 가슴이 먹먹한 채 몇 분이 흘렀을까? 고래는 시큼한 분기공의 냄새만 남겨 놓고 어둠 속으로 사라졌다.(227쪽)

고래와 눈이 마주치는 순간 '정우'는 아버지를 떠올린다. '정우'의 아버지는 "우리나라 마지막 포경선 동해 호의 선주 겸 포장"이었다. 말 그대로 "타고난 뱃사람"이었다. '정우'는 어린 시절 대왕고래를 잡고 오방색 만선기를 휘날리며 당당하게 입항했던 아버지를 기억하고 있다. 대왕고래는 지구상에서 가장 큰 포유류다. 크기만 해도 30미터에 무게가 200톤이 넘는다. 그 엄청난 대왕고래를 잡았을 때 아버지는 고래보다 더 큰 존재였다. '정우'가 황천 항해 중에 만난 고래를 보고 아버지를 떠올리는 이유가 여기에 있다.

그 순간 정우는 동해 호 옆구리 묶여 작은 산처럼 보이는 대왕고래보다 아버지가 더 커 보였다. 아버지가 더 대왕고래다워 보였다. …(중략)…
감탄에 찬 가득 찬 탄성이 이곳저곳에서 쏟아졌다. 그러나 삶과 죽음의 경계에 바람이 부나 파도가 높으나 고래를 쫓아 고래잡이로 살아온 아버지였으니까. 말하자면 이날이라고 특별할 것이 없었다. 그렇다고 해도 이물에

서있던 아버지와 동해 호 옆구리에 묶여 있던 대왕고래가 주는 이미지가 같아 이날의 풍경은 정우에게 아버지가 대왕고래 같다는 생각으로 떠오르곤 했다.(230-231쪽)

평생을 고래잡이로 살아온 아버지였다. 하지만 당당한 고래잡이의 삶은 오래가지 않았다. 상업 포경을 금지하는 국제포경위원회 조약이 발효되었기 때문이었다. 전 세계 멸종 위기종인 고래를 보호하기 위한 조약이었다. 고래밖에 잡을 줄 몰랐던 아버지는 그 '당연한' 세상 이치를 받아들일 수 없었다. 아버지에게 국제포경위원회의 조약은 삶의 터전을 빼앗으려는 선포나 마찬가지였다. 포경선을 포기하고 보상을 받으라는 주위의 권유조차 아버지는 거부한다. 하지만 "고래 힘줄"보다 질긴 아버지의 고집도 세상을 이길 수는 없었다. 아버지는 바다를 떠나야 했다. "배를 포기하라는 것"은 죽음과 같은 것이었다. "바다로 나갈 수 없었던 아버지"의 삶은 오직 "슬퍼하고 분노하고 절망"하는 것뿐이었다. "세상 밖으로 나오길 거부한 채" 아버지는 늙어갔다. '정우'는 그런 아버지의 쇠락을 지켜봐야 했다. 가세가 기우는 것은 당연한 일이었다. '정우'가 원양 어선에 승선한 이유도 이 때문이었다.

사실 '정우'에게 이번 항해는 그 어느 때보다 중요했다. 첫 선장 발령이었다. 해양수산부 고위 공무원으로 퇴직한 사장은 시험 조사 쿼터를 따냈다. 시험 조사란 새로운 어장을 찾는 일이었다. 사장은 만선을 부탁했었다. 하지만 바다에서 어장을 찾는 일은 쉽지 않았다. '정우'는 어장을 찾기 위해 남쪽으로 뱃머리를 돌린다. 그렇게 어장을 찾는 과정에서 정우는 고래를 만난다.

> 갈라파고스뿐만이 아니다. 황천 항해 중인 드레이크 해협에서, 허리케인에 쫓기던 뉴펀들랜드 그랜드뱅크에서, 죽음의 암초들로 가득했던 마이크로네시아에서 고래는 어김없이 나타났다. 그리고 항로를 이끌었다. 그저 고래다. 처음엔 신기하다는 생각밖엔 들지 않았다. 자연의 섭리가 오묘하다지만 넓고 넓은 대양에서 고래를 만나기가 쉬운 건 아니다. 곤경에 빠질 때면 나타나 힘을 보태어주는 고래였다. 무언가 인연의 질긴 줄이 닿지 않고서는 어려운 일이다.
> 정우는 언제부터인가 뱃머리 앞에 불쑥불쑥 솟는 고래가 아버지라고 믿고 싶었다. (245쪽)

'정우'는 항로를 이끄는 고래를 언제부터인가 아버지라고 여기게 된다. '정우'는 어머니의 반대에도 기어이 아버지의 유골을 '경해 바다'에 뿌렸다. 바다는 아버지의 묘지이며 아버지의 몸이었다. 바다를 누볐던 동해 호를 처분하지 못한 이유도 어쩌면 아버지 때문이었는지 모른다. '정우'는 아버지의 고백을 지금도 기억하고 있었다. "임종 직전" 아버지의 고백은 이런 것이었다.

> 평생을 뱃사람으로 보낸 고독함과 쓸쓸함에 대하여, 다정다감하게 자식들과 소통하지 못한 미안함에 대하여 그리고 고래를 쫓아 내달렸던 수평선에

대하여, 그 경계에서 생겼다 사라지는 일출과 일몰에 대하여…(245쪽)

아버지는 임종을 앞두고서야 뱃사람의 숙명을 아들에게 이야기했다. 고독과 후회, 그리고 고래를 찾기 위해 바다를, 끝없는 수평선을 달려야 하는 뱃사람의 운명을. 그 쓸쓸했던 고백의 순간을 기억하기에 항해 중에 만난 고래의 눈빛을 '정우'는 아버지의 눈빛이라고 여긴다.

고래는 아무렇지도 않게 뱃머리를 가로질러 잠수했다. 정우는 굵고 주름진 피부 밑에서 고래의 눈을 얼핏 보았다. 게슴츠레한 고래의 눈빛은 아버지를 떠올리게 했다. 그 눈빛은 임종 직전 정우를 지긋하게 바라보던 아버지의 것과 닮아있었다. 순간적이긴 했으나 고래의 눈은 정우와 아버지를 연결하는 끈이었다. 정우의 가슴 안쪽에 해인을 받듯 고래의 눈빛이 새겨졌다. 어디선가 또 다른 고래의 물뿜기 소리가 푸 하고 들렸다. 무관심한 고래는 배가 다가옴을 벌써부터 알고 있었으며 정우의 출현을 대수롭지 않게 여겼다. 두려움이 없는 바다의 제왕다운 몸짓이었다.(238쪽)

평생 고래를 쫓아다녔던 아버지는 죽어서 고래가 되었다. 그리고 삶의 가장 절박한 순간, 아버지는 고래가 되어 '정우'의 곁을 지킨다. '만선'을 해야 하는 뱃사람의 숙명을 아버지는 알았다. 바다에서 물고기를 찾는 일이 "사막에서 바늘 찾기"와 같다는 걸 아버지는 안다. 그렇기에 아버지는 고래가 되어 아들 '정우'를 어장으로 인도한다.

황천 항해 중에도 어김없이 고래는 나타난다. 피항의 항로를 안전하게 이끈다.

> 고래였다. 다시 고래가 보였다.
> 정우가 조타륜을 잡고 안간힘으로 버틸 때 뱃머리 앞의 덩치는 틀림없는 고래였다. 정우 앞에서 고래는 거침없이 파도를 헤치고 있었다. 하얀 포말의 파도가 뒤를 따랐다. 정우는 바다의 군주라는 듯, 내가 다 알아서 할 터이니 걱정하지 말라는 듯 물줄기를 시원하게 뿜으며 로깅하는 고래가 그렇게 듬직할 수 없었다. 불안으로 가득했던 마음이 차분하게 가라앉기 시작했다. 정우는 비로소 안도의 숨을 몰아쉬었다. …(중략)…
> 정우는 고래를 찾았다. 고래는 정우의 마음을 다 알고 있다는 듯 여전히 잠수와 부상을 거듭하며 배를 이끌고 있었다. 그러다 어느 순간 사라졌다.
> "아버지."
> 고래 행적을 쫓아가던 정우의 젖은 눈이 붉어졌다.(246-248쪽)

아무리 뱃사람이라도 항해 중에 고래를 만나는 일은 쉽지 않다고 한다. 게다가 고래의 눈을 바라보는 일은 더욱 드물 것이다. 포경선 포장으로 살았던 아버지와 아버지의 뒤를 이어 바다 사나이의 삶을 선택한 '정우', 이 두 사람의 삶을 통해 인간과 자연의 교감과 공감을 그려내고 있는 이 작품은 이윤길 소설의 지향점이 어디에 있는지를 잘 보여준다.

이윤길에게 바다는 탐험이나 정복의 대상이 아니다. 그에게 바다는 삶의 현장인 동시에 숙명적인 인간의 한계를 인식하는 공간이다.

그 숙명이 무엇인지를 알기에 이윤길은 삶의 매순간 최선을 다하는 일이 중요하다는 사실을, 그리고 "미래는 이미 현재에 머물"러 있음을 이야기한다.(「알폰시노」) 그렇기에 바다와 뭍은 다른 공간이 아니다. 바다는 뭍으로 이어지고, 뭍은 바다로 향한다. 그렇게 두 개의 공간은 하나의 삶으로 우리 앞에 존재한다. 그 삶의 공간에서 인간이란, 명백한 삶의 한계를 분명히 인식하면서도, 매순간 그 한계의 영토를 끊임없이 밀고 나가는 선택을 해야 하는 존재다. 그것이 이윤길이 말하는 바다이며, 바다의 삶이다.

하선자들

1판 1쇄·2018년 12월 15일
1판 2쇄·2022년 2월 28일

지은이·이윤길
펴낸이·서정원
편 집·도서출판 신생
교 열·김연경, 지선영
펴낸곳·도서출판 전망
주 소·부산광역시 중구 해관로 55(중앙동3가) 우편번호·48931
전 화·051-466-2006
팩 스·051-441-4445
출판 등록 제1992-000005호
ⓒ 이윤길 KOREA
값 14,000원

ISBN 978-89-7973-498-0
w441@chol.com

* 저자와의 협의에 의해 인지를 생략합니다.

이 도서의 국립중앙도서관 출판예정도서목록(CIP)은 서지정보유통지원시스템 홈페이지(http://seoji.nl.go.kr)와 국가자료공동목록시스템(http://www.nl.go.kr/kolisnet)에서 이용하실 수 있습니다.(CIP제어번호: CIP2018040286)

*이 도서는 한국출판문화산업진흥원의 출판콘텐츠 창작 자금 지원 사업의 일환으로 국민체육진흥기금을 지원받아 제작되었습니다.